지금 이 순간,
온 힘을 모아 간신히 버텨내고 있는 여러분께

그들이 떨어뜨린 것

초판 1쇄 발행 | 2017년 11월 20일
6쇄 발행 | 2022년 11월 28일
지은이 | 이경혜
펴낸이 | 최윤정
펴낸곳 | 바람의 아이들
만든이 | 최문정 이창섭 윤보황 양태종 이소희
등록 | 2003년 7월 11일(제312-2003-38호)
주소 | 03035 서울시 종로구 필운대로116 신우빌딩 5층
전화 | (02)3142-0495 팩스 | (02)3142-0494
이메일 | barambooks@daum.net
제조국 | 한국
구독 연령 | 11세 이상

ISBN 979-11-6210-006-6 44800
978-89-90878-04-5(세트)

「이 도서의 국립중앙도서관 출판예정도서목록(CIP)은 서지정보유통지원시스템 홈페이지(http://seoji.nl.go.kr)와 국가자
료공동목록시스템(http://www.nl.go.kr/kolisnet)에서 이용하실 수 있습니다.(CIP제어번호: CIP2017027575)」

www.barambooks.net

그들이 떨어뜨린 것

이경혜 단편집

바람의아이들

차례

명 령

오늘이 마지막 수학 시간이구나. 너희들도 졸업을 하지만 나도 학교를 떠난다. 아, 아…… 조용히! 조용히! 내가 왜 학교를 그만 두는지에 대해서는 이제 얘기할 것이다. 자, 수학책은 덮고 이 책을 주목하도록! 그래, 아주 낡은 책이지? 내가 너희들만 할 때 보던 책이니 몇 십 년이나 된 책이다. 이제는 낡다 못해 너덜너덜하다. 뭐라고 써 있냐고? 아니, 이 정도 한자도 못 읽나? 반장, 읽어 봐. 그래, 필. 승. 중. 학. 수. 학…… 보다시피 문제집이다. 자, 자, 조용히! 안 그래도 이 책에 대한 사연부터 얘기할 것이다.

얘기를 시작하기 전에 한 가지만 부탁하겠다. 이 수업은 내 20년 교직 생활의 마지막 수업이다. 안 그래도 내 수업은 따분하기로 유명하다는 거, 잘 안다. 내 별명이 '수면제'라는 것도.

그러나 나도 마지막 수업을 앞두곤 마음이 좀 싱숭생숭했다. 너희들에게 지겹게 쑤셔 넣으려 했던 수학이 아니라 무언가 의미 있는 얘기를 하고 싶었다. 무슨 얘기를 할까, 고민했다. 수학 선생이니 수학과 관련된 얘기를 하려고 했는데 너희 얼굴을 떠올리니 너희랑 비슷한 다른 얼굴 하나가 자꾸 떠올랐다. 그 얼굴이 나를 계속 졸라댔다. 자기 얘기를 해달라고 말이다. 그게 누구냐고? 바로 박기훈이란 아이다. 내 친구였지만 이젠 내 친구일 수 없는 녀석, 열여섯, 너희 나이에 목숨을 잃어서 영원히 열여섯으로 남은 친구다. 지금 우리가 만난다면 그 녀석은 나를 늙은 꼰대로나 여기겠지. 그렇게 나를 졸라댄 걸 보아도 그 녀석은 너희들과 친구가 되고 싶었던 모양이다. 나보다는 너희들과 잘 통할 테니까. 아니면 오랫동안 너무 외로웠던가. 수학하고 상관도 있다. 기훈이 얘기는 내가 수학 선생이 된 사연이기도 하니까. 하지만 나는 국어 선생도 아니고, 역사 선생도 아니라 이런 얘기가 서툴다. 그래서 이렇게 종이에 대강의 이야기를 따로 써 왔다.

부탁은 이것이다. 오늘만은 온몸이 뒤틀려도 떠들지 말고 내 얘기를 들어 달라는 것. 나를 위해서가 아니라, 내 친구였던, 그리고 지금은 너희들의 친구가 되고 싶어 하는 그 녀석, 기훈이를 위해서 말이다. 살아 있는 자들은 그래야 한다. 죽은 자들 앞에서 조용히 귀라도 기울여야 하는 것이다. 우리에겐 그들한테는 없는 목숨이 붙어 있으니 말이다. 자, 그럼 이야기를 시작하겠다.

옛날 옛날 빛고을이라는 저 남쪽 도시에 기훈이란 아이가 살고 있었다. 그 아이는 중3이었지만 막내인데다 성장도 늦되어서 어린아이 같았고, 어머니를 몹시 따랐다. 어머니 역시 늦둥이로 얻은 기훈이를 눈에라도 넣을 듯 귀여워하였다.

친구 이야기를 한다더니 웬 옛날이야기냐고 할지 모르지만 1980년, 겨우 30년 전 일인데도 내겐 그때가 오랜 옛날로만 느껴진다. 그때 일어난 일이 지금까지도 잘 믿어지지 않는 탓이다. 하긴 너희들은 태어나지도 않았을 때이니 옛날이라면 옛날이겠지?
아마도 너희 부모님들이 지금 너희만 할 때였을 거다. 나와 기훈이는 같은 반의 가장 친한 친구였다. 기훈이가 키 순서로 3번, 내가 4번이었다. 우리는 그렇게 아직 덜 자란 어린애인데다 둘 다 막내여서 아주 잘 통했다. 그 나이면 이미 청년처럼 의젓하고 커다란 친구들도 있었지만 우리는 스스로 보기에도 한심할 만큼 애송이였다. 뒤에 앉은 키 크고 성숙한 친구들이 얼마나 부러웠는지 모른다. 기훈이네 놀러갈 때면 기훈이 어머니가 "우리 아가들, 이것 좀 먹어라."하면서 이것저것 끝없이 먹을 것을 챙겨 주곤 했던 게 기억난다. 우리 어머니보다 훨씬 나이가 많았던 기훈이 어머니는 우리 어머니보다 훨씬 더 아들을 챙겼다.

　모든 게 비슷했던 우리는 쌍둥이처럼 붙어 다녔다. 같이 공부를 하고, 같이 자전거를 타고, 같이 음악을 듣고, 같이 영화를 보며 놀았다. 이소룡과 비틀즈의 광팬인 것도 우리의 공통점이었다. 기훈이는 언제나 '렛 잇 비(Let it be)'를 흥얼거렸고, 나는 '예스터데이(Yesterday)'를 좋아했다. 기훈이는 쌍절곤을 가지고 놀았고, 나는 "아뵤!"하는 이소룡의 기합을 따라했다.

　빛고을은 우리가 산 도시의 이름이었다. 빛 광(光)자, 고을 주(州)자, 우리 선조의 예지력이 얼마나 뛰어났는지 그 이름은 정확하게 자신을 증명했다. 총구에서 쏟아져 나오는 빛이 그 고을을 피로 물들였고, 그 고을에서 쏟아져 나온 분노와 고통의 빛이 결국 이 나라의 역사를 바꾸었다.

　광주민주항쟁은 너희들도 잘 아는 사실이다. 교과서에도 나오고, 영화로도 만들어졌으니까. 그러나 내게 6.25가 조선시대 일처럼 아득하듯이 광주항쟁 역시 너희들에게는 지극히 먼 옛날 일로만 여겨지겠지.

　5월이었다. 기훈이 누나가 아기를 낳는 바람에 기훈이 어머니는 딸을 돌봐 주러 대전으로 갔다. 수학여행을 앞둔 때였다. 기훈이는 불만이 대단했다. 날마다 전화를 걸어 보채는 바람에 결국 어머니가 집으로 돌아왔다.

여행 전날, 그 집에 놀러 갔더니 녀석은 "오늘 우리 엄마 온다!" 하면서 얼굴까지 발그레해진 채 들떠 있었다. 수학여행은 핑계였다. 기훈이는 정말로 엄마가 무척이나 보고 싶었던 것이다. 그 날 저녁, 기훈이 어머니는 떨어지지 않으려는 늦둥이 막내 아들을 품고 함께 잠들었다.

1980년 5월 17일 아침, 우리들은 그저 좋아하며 수학여행을 떠났다. 다음 날이면 그곳에 어떤 끔찍한 일이 일어날지 꿈에도 짐작 못한 채 말이다. 어머니 역시 그것이 아들을 마지막으로 보는 것인 줄도 모른 채 다시 누나네로 떠났다.

3박 4일의 수학여행이었다. 뒷자리의 친구들은 모여 앉아 몰래 술도 마시고, 선생님을 골탕 먹이는 장난도 쳤지만 우리는 집을 떠나 밖에서 잔다는 데 너무 흥분해서 보는 것마다 사진을 찍고, 식구들 선물을 고르느라 바쁠 뿐이었다.

그 사이 빛고을에는 난리가 일어났다. 우리나라 국군이 빛고을 사람들을 때리고 죽이는, 있을 수 없는 일이 일어난 것이다.

그때는 18년이나 이 나라를 통치하던 독재자가 부하한테 총을 맞고 죽는 바람에 그 동안 억눌렸던 국민들이 모두 들고 일어섰을 때였다. 다시 그런 놈들한테 나라를 빼앗기면 안 되기 때문에 모두들 열심히 민주화를 외쳤다. 그런 와중에 쓰러진 독재자의 자리를 차지하려는 싸움이 군인들 사이에서 일어났고, 권력을 잡은 군인들이 생겼다. 그들에겐 민주화를 외치는 국민들의 입을 틀어막을 명분이 필요했다. 한 마디로 희생양이 필요했고, 그 희생양으로 선택된 것이 빛고을의 시민들이었다. 빛고을 사람들이 지도자로 떠받들던 정치가가 그 군인들에게 눈엣가시였던 점도 작용했을 것이다.

온 나라에서 민주화 시위가 일어났건만 빛고을에만 군대가 투입되어 상상도 못할 폭력을 휘두르기 시작했다. 사람들은 자신의 눈을 믿을 수가 없었다. 진압봉과 대검으로 개 패듯 패고, 무 찌르듯 찔러대니 사람들이 죽어 나가기 시작했다. 신문과 TV에서는 빛고을에 간첩이 침투되어 폭도들이 난리를 일으켰다는 방송만 연일 나왔다. 빛고을 사람들은 분노가 치밀어 방송국에 불을 질렀다. 바로 그날이 우리가 돌아온 날이었다.

노심초사 우리를 기다리던 부모님은 밖에 나가면 큰일 난다며 꼼짝도 못하게 했다. 그러나 우리는 실감을 못했다. 방송국마저 불에 타 TV도 안 나오는데 집 안에만 있으라고 하니 좀이 쑤셔 죽을 지경이었다. 쌍둥이 같았던 우리였으니 생각도 같았다. 집 밖에 외출할 수 있는 핑계란 것도 뻔했다.

갑갑했던 우리는 둘 다 동네 책방에 간다고 집을 나왔다. 문제집만 사서 금방 온다는 조건으로 부모님은 간신히 허락을 해 주었다.

아무리 난리가 났다지만 데모하는 대학생들이나 위험할 거라 생각했고, 동네 앞에 잠깐 갔다 오는 거니 괜찮을 거라고 믿었을 것이다. 내가 먼저 책방에 가 있는데, 아니나 다를까, 좀 있으니 기훈이가 쑥 들어왔다. 우리 동네는 계림동이라고 헌책방이 모여 있는 동네였다. 우리는 틈만 나면 단골 책방에 가서 만화책이나 잡지를 읽다가 눈치가 보일 때쯤 참고서 한두 권을 골라 나오곤 했다. 너희들이 PC방 가면 다 만나듯이 우리는 그곳에서 늘 마주쳤다.

우리는 구석에 서서 만화책을 뒤지며 소곤거렸다. 군인들이 젊은 사람을 다 잡아다 죽인대, 이게 뭔일이다냐, 군인이 왜 우리나라 사람을 죽여? 군인은 적군을 죽여야지? 그러게 말여, 아무래도 군인들이 미쳤는갑다, 조금 겁이 나긴 했어도 그건 우리에게 불구경처럼 흥분되는 이야기일 따름이었다.

"그나저나 엄마가 오늘 온대더니 차를 놓쳐 버렸댄다, 화딱지 나게"

기훈이가 투덜거렸다. 난리보다 절실한 문제는 그런 거였다.

"내 참, 넌 어째 사내자식이 맨날 엄마 타령이냐?"

내 말에 기훈이는, "이 자식이!" 그러면서 내 머리에 꿀밤을 먹였다. 기훈이는 아버지가 기다린다고 가자고 했다. 나는 읽고 있던 만화책이 너무 재미있어서 그것만 읽고 가겠다고 혼자 먼저 가라고 했다.

기훈이가 문제집을 사 들고 책방 문을 열고 나가 막 자전거에 올라탈 때였다. 갑자기 어디선가 무장한 군인들이 나타났다. 군인들은 다짜고짜 자전거에 올라타는 기훈이를 낚아챘다.

"왜 그러세요? 저는 중학생이에요. 동신중학 3학년이에요. 왜 그러세요?"

기훈이는 떨면서도 똑똑히 외쳤다.

군인들은 그 말에는 아랑곳하지 않은 채 다짜고짜 "너, 자전거 타고 다니면서 데모꾼들 연락해 주는 거지? 너, 연락병이지?"하고 몰아치더니 진압봉으로 기훈이의 머리를 내리쳤다.

순식간의 일이었다.

아니라고, 나는 중학생이라고 외치는 기훈이의 목소리는 끝을 맺지 못했다. 작고 야윈 기훈이의 몸은 스르르, 힘없이 미끄러져 내렸다.

바로 어제 본 것처럼 내게 너무도 뚜렷한 장면이다. 수천 번도 더 반복해 떠올려 본 장면이니까. 나는 책방 문을 열고 나가는 기훈이를 향해 잘 가라고 손을 흔들다 유리문 너머의 그 광경을 보고 말았다. 군인들이 나타났을 때는 나도 모르게 몸을 수그려 책더미 뒤로 숨었다. 군인들의 쩌렁쩌렁한 목소리와 와들와들 떠는 기훈이의 목소리가 고스란히 들려왔다. 기훈이가 쓰러지는 모습은 너무도 조용해서 나는 기훈이가 아니라 기훈이의 옷이 미끄러져 내리는 줄로 알았다. 기훈이는 맥없이 그렇게 쓰러졌다.

나는 온몸이 부들부들 떨려 고개조차 돌리지 못했다. 책방 아저씨조차 쳐다볼 수 없었다. 군인들이 당장 책방 문을 열고 들이닥칠 것만 같았다. 그 지옥과 나 사이엔 허름한 미닫이 유리문 한 장만 있을 뿐이었다. 무엇인가 두드려대는 소리가 한참이나 더 들렸다.

군인들이 쓰러진 기훈이를 데리고 사라지자 책방 아저씨가 문밖으로 뛰쳐나갔다. 동네 사람들도 몰려와 웅성거렸다.

그래도 나는 꼼짝도 할 수 없었다. 너무 무서워서 숨도 쉬기 힘들었다. 거기다 나는 믿고 싶지 않았다. 내 친구에게 무슨 일이 일어나서는 절대 안 되었으니까.

얼마나 시간이 흘렀는지 모른다. 누군가 부모에게 알려야 한다고 뛰어갔다. 가엾어서 어쩌냐며 울음을 터뜨린 동네 아주머니의 목소리도 들려왔다.

마침내 나는 쪼그리고 있던 자리에서 일어나 문 앞으로 나갔다. 모두들 모여서 웅성거리느라 내가 나온 걸 보지 못했다. 기훈이의 자전거는 쓰러진 채 그대로 놓여 있었고, 그 옆에는 기훈이가 산 책이 비닐 봉투에 담긴 그대로 떨어져 있었다. 나는 그것을 집어 들었다.

『필승중학수학』, 그렇다. 내가 들고 있는 바로 이 책이다. 나는 이 책을 소중히 품에 안고 집으로 걸어갔다. 기훈이를 만나면 줄 생각을 했는지도 몰랐다. 그러면서도 나는 그때 기훈이가 죽었다고 생각했다. 숨이 조금이라도 붙어 있는 사람이라면 그렇게 벗어 놓은 옷처럼 힘없이 쓰러질 수는 없다고 생각했다. 온몸이 후들후들 떨려서 걷기가 힘들었다. 나는 집까지 가까스로 걸어갔다.

그날 밤새 기훈이 아버지가 기훈이를 찾아다녔지만 찾을 수 없었다. 다음 날은 광주로 들어오는 차를 다 막았기 때문에 기훈이 어머니는 근처의 도시에서 내려 걸어서 집으로 돌아왔다. 어머니와 아버지가 며칠 내내 돌아다녀 찾아낸 것은 병원에 놓여 있는 기훈이의 시체였다. 온통 시퍼렇게 멍이 든 기훈이의 얼굴을 보는 순간 어머니는 기절을 했다. 기훈이의 시체 위에는 '박기-'라는 두 글자만 적혀 있었다. 마지막 제 이름조차 다 말하지 못한 채 숨을 거둔 것이다. 기훈이는 다른 시체들과 함께 쓰레기차에 실려 망월동 묘지에 묻혔다.

나는 죽은 기훈이를 보지 못했다. 이 모든 것들은 나중에 얘기로만 들었다. 나는 겁에 질려 집 안에서 꼼짝도 하지 못했다. 세상 사람들이 다 무서웠고, 집 밖에만 나서면 군인들이 방망이로 내리칠 것만 같았다.

기훈이가 떨어뜨리고 간 이 책을 볼 때마다 몸이 떨리고, 눈물이 쏟아졌다. 아무 것도 막아 주지 못하고, 숨어 있기만 한 내 자신이 부끄러웠다. 내가 함께 나갔다면 연락병이라는 의심을 안 받았을까? 내가 같이 맞았다면 기훈이가 조금이라도 덜 맞지 않았을까? 그런 생각만이 머릿속을 맴돌았다. 결국 나는 얼마 안 남은 중학교도 다니지 못하게 되어 졸업도 못했다. 몇 년 뒤에야 정신을 차리고 검정고시를 쳤다. 고등학교도 검정고시로 대신했다. 대학에 갈 때에야 겨우 세상에 나올 수 있었다.

따지고 보면 나를 세상에 나오게 한 것은 기훈이가 떨어뜨리고 간 바로 이 책, 『필승중학수학』이었다. 나는 기훈이가 보고 싶을 때마다 이 책을 보았다. 이 책 속의 모든 문제를 몇 번이고 풀었다. 다른 공부는 할 수가 없었다. 기훈이를 죽게 만든 그 끔찍한 인물을 위대한 지도자라고 말하는 교과서를 들여다 볼 수가 없었다. 하지만 이 책에는 오직 숫자만이 있었고, 문제의 답을 구하라는 명령만이 있었다. 나는 생각을 하고 싶지 않았기 때문에 시키는 대로 명령만을 따랐다. 그러다 보니 수학 문제를 푸는 일에 빠져들었고, 결국 이렇게 수학을 가르치는 사람이 되었다. 기훈이가 그렇게 처참하게 살해 당하지 않았더라면 내가 수학을 좋아하는 일은 결코 없었을 거다. 그 전까지 나는 너희들이나 마찬가지로 수학이라면 인상을 찌푸리는 학생이었으니까.

아직 이야기가 조금 더 남았다.

그 뒤로 세월이 흘렀다. 기훈이 아버지는 화병으로 몇 년 뒤에 세상을 뜨고 어머니 혼자 남게 되었다. 그 세월 동안 나 역시 몇 년을 방안에만 파묻혀 학교도 못 다니던 형편이었으니 기훈이네는 찾아가지도 않았다.

사람들은 싸우고 또 싸웠다. 그 덕분에 광주 사태라고 불렸던 그 일은 광주민주화운동이 되었고, 폭도로 불리었던 사람들도 명예를 회복했다. 눈 가리고 아웅 같은 짓이었지만 광주 학살의 책임자인 당시의 대통령이 감옥에도 잠깐 다녀왔다.

그렇지만 거리에서, 골목에서, 사람들을 때리고, 찌르고, 총을 쏴서 죽였던 수많은 군인들은 밝혀지지 않았다. 그들은 그냥 진압군이나 공수부대라고만 불리었다. 당연히 기훈이를 직접 죽인 군인들도 처벌 받지 않았다. 그들은 명령을 수행했을 뿐이니까. 누구라도 그 자리에 있었다면 명령을 수행할 수밖에 없었을 테니까. 나 역시 그렇게 생각했다. 그래서 명령을 내린 사람들만 증오했지, 그 익명의 군인들은 미워하지 않았다. 그 날이 오기 전까지는 말이다. 그 날에 대해서만 이야기하고 내 이야기는 마치겠다. 조금만 더 참아 주기 바란다.

그 일이 있고 17년이 지난 1997년, 망월동에 묻혀있는 시신들을 새로 마련된 신묘역으로 옮기게 되었다. 초라한 공동묘지인 망월동 묘역에서 거창하게 꾸며 놓은 신묘역으로 기훈이의 묘도 옮기게 되었다.

그때는 너희도 이 세상에 태어났을 때다. 막 말을 배우고 아장아장 걸어 다닐 때였겠군. 그 무렵엔 나도 정상인이 되어 결혼도 하고, 수학을 가르치는 선생도 되어 있었다. 이미 광주의 비극은 지나간 옛일이었다.

그때는 기훈이네도 가끔 찾아가던 터라 그 자리에도 같이 가게 되었다. 기훈이 어머니와 나는 소풍이라도 가듯 즐겁게 망월동으로 갔다. 어쨌든 좀 더 깨끗한 자리로 기훈이를 옮겨주는 일이었고, 그건 그 녀석의 원혼을 조금이라도 달래 주는 일이라 생각했으니까. 세월이 20년 가까이 흐른 터라 나는 까마득한 옛 친구처럼 기훈이를 떠올릴 뿐이었다. 그저 가엾은 그 어머니를 도와드린다는 생각밖에 없었다. 기훈이 어머니는 더했다. 어머니는 기훈이의 유골을 꺼내서 보는 일을 살아 있는 아들을 다시 만나는 일처럼 기대했다.

"벌써 17년인데, 우리 기훈이가 육탈이 잘 되었겠제? 살점일랑 깨끗이 다 떨구고 이쁜 뼈만 남아 있어야 할 터인데……."

"그럼요, 아주 깨끗하게 육탈이 되었을 거예요. 기훈이는 이제 빈 몸으로 나비처럼 가볍게 세상을 떠났을 겁니다."

육탈이란 우리 몸의 살이 썩어서 뼈에서 떨어져 나가는 것이다. 살이 잘 썩어서 깨끗한 뼈만 남아 있어야 좋은 거라고 했다. 세월이 그만큼 흐른 것이다. 아들의 뼈를 보는데 오히려 셀렘을 느낄

만큼. 하긴 그 어머니는 하도 많이 눈물을 흘려서 그때는 흘릴 눈물도 없었을 거다. 아니, 진짜 아들은 가슴에 묻어 놓았기에 이제 아들이 남기고 간 육신을 보는 일에 그만큼 태연했는지도 몰랐다.

드디어 관이 끌어 올려지고, 관 뚜껑이 열렸다.

"앗!"

관 뚜껑을 열어제친 인부들 사이에서 먼저 비명이 쏟아져 나왔다.

얼른 관 속을 들여다 본 어머니와 나는 너무 놀라 소리조차 내지 못했다.

머리 자리에 있어야 할 두개골이 보이지 않았다!

나일론이 많이 섞였던 탓인가, 기훈이에게 입혀 보낸 여름 교복은 썩지도 않고 그대로 있어서 기훈이는 마치 머리가 없는 사람처럼 보였다. 교복 바지 밖으로 다리뼈는 보이는데 머리뼈가 없었다.

인부 하나가 혀를 차며 말했다.

"해골이 다 부서져서 가루가 되었어야. 원체 금이 잔뜩 간 게벼."

그 말에 어머니가 풀썩 주저앉으며 통곡을 터뜨렸다.

그래, 너희들 입에서도 그런 말이 나오는구나. 맞다. 죽일 놈들이지! 내 머릿속 어느 부분이 도끼라도 내려친 듯 깨지는 느낌이었다. 모든 것은 명령 때문이었다고, 책임자는 명령을 내린 자 뿐이라고, 명령대로 한 사람들이 무슨 죄가 있냐고 정리를 했던 나의 모든 생각은 그 순간 산산조각이 났다. 기훈이의 머리통처럼 바스라지고 말았다. 동시에 나를 휘어감은 것은 의문이었다. 도대체 왜? 왜 이렇게까지 했단 말인가?

기훈이가 맞아 죽었다는 것은 내가 본 사실이다. 그러나 두개골이 다 부서지도록 맞았는지는 미처 몰랐다. 내가 그 헌책들 뒤로 숨어 숨소리조차 삼키고 있을 때 기훈이의 머리는 박살이 나도록 두들겨 맞은 것이다. 박살이 난 머리뼈는 머리 가죽이 싸고 있어서 간신히 지탱되고 있다가 머리 가죽이 썩어서 사라지자 금이 잔뜩 간 두개골이 부서져 나갔고, 마침내 가루가 된 것이었다. 도대체 그 어린 아이를 얼마나 두들겨 팼으면 이토록 해골이 이렇게 가루가 된단 말이냐?

기훈이가 성인 남자였다면 그들이 쌓인 증오를 그렇게 풀었다고도 이해할 수 있다. 그러나 기훈이는 보기에도 너무나 작은, 교복까지 입고 있던 어린 중학생이었다. 그런 아이를 도대체 왜? 기훈이의 마지막 말도 떠올랐다.

"왜 그러세요? 저는 중학생이에요. 동신중학 3학년이에요. 왜 그러세요?"

나는 그들을 이해할 수 없었다. 그들은 대한민국의 정규 군인들이었다. 교도소에서 끌고 나온 연쇄살인범도 아니고, 정신병원에서 몰고 나온 정신병자도 아니었다. 그들은 나도 갔다 온 군대, 내가 갈 수도 있었을 부대의 군인이었다. 그 말은 그들이 나와 비슷한 흔하고 평범한 남자들이었다는 말이다. 그런 그들이 도대체 왜 그런 걸까? 나는 정말 알고 싶었다. 그걸 이해하지 못한다면 나는 같은 인간으로서 더 이상 살 수 없을 것만 같았다. 평범한 그들이 그렇게 변한 것이라면 그것은 내 모습일 수도 있지 않겠는가? 그때 나는 기훈이의 죽음을 목격하던 때만큼이나 혼란에 빠졌다. 도대체 그들이 왜 그랬는지 알아내야만 했다. 지난 14년 동안 나는 그 답을 찾아 헤맸다. 그러면서 나는 깨달았다.

인류가 저지르는 가장 비열하고 끔찍한 일들은 대부분 명령이라는 이름 아래 행해졌다. 명령을 내린 자는 자신의 손에 피를 묻히지 않고, 명령에 따라 움직인 자는 명령이란 방패 아래 자신의 억눌린 사악함을 다 드러낸다. 혹은 명령이란 이름 뒤로 뻔뻔스레 숨는다. 명령을 통해 그들은 공생관계가 된다.

수백만의 유대인을 가스실로 몰아 넣어 죽인 것도 명령에 의해 이루어졌고, 단지 명령에 의해 스위치만을 누른 자들에게는 책임을 묻지 않았다. 수천 명의 대한민국 국민을 때리고, 찌르고, 죽인 것도 명령에 의해 이루어졌고, 단지 명령에 의해 방망이를 내리치고, 대검을 찌르고, 총을 쏜 병사들에게는 책임을 묻지 않았다. 명령이 방패가 되어줄 때 인간은 어디까지 사악해질 수 있는 걸까?

명령을 수행했을 뿐이라는 말은 세상에 대한 면죄부는 된다. 그러나 자기 자신에 대해서는 엄연한 핑계이다. 명령을 거역하지 못 했다는 것은 그 명령을 기꺼이 받아들인 것과 결과적으로 다를 게 없다.

내가 궁금한 것은 다른 누구도 아닌 기훈이를 죽인 바로 그 사람들의 심정이었다. 기훈이의 마지막 물음, 그 질문의 답을 들어야 했다. 결국 내가 내린 결론은 그들을 직접 찾아낼 수밖에 없다는 것이었다. 그 군인들을, 아니, 이제는 그냥 시민이 되었을 그 사람들을 찾아내서 물어봐야만 했다. 도대체 당신들은 그날 왜 그랬느냐고 말이다.

내가 학교를 떠나겠다고 결심한 것은 바로 그 이유 때문이다. 그 일을 해내지 못하면 나는 기훈이를 볼 면목도 없지만 선생으로서 너희들을 가르칠 수도 없다. 인간에 대한 믿음이 없는 자가 무엇을 가르치겠는가?

나는 남은 생을 그 일에 다 바칠 생각이지만 어쩌면 죽을 때까지 그들을 못 찾아낼지도 모른다. 거리에서, 골목에서, 사람들을 때리고, 찌르고, 총을 쏴서 죽였던 수많은 군인들은 지금 어디서도 찾을 수 없다. 그때의 사진들을 확대경을 들고 들여다봐도 깊이 눌러쓴 군모 아래 아무 것도 알아볼 수 없다. 그들은 얼굴도,

이름도 없다. 그러나 내가 누구인가. 수학 선생이다. 모든 확률을 좁혀 나가다 보면 그들을 찾는 게 꼭 불가능한 것만은 아니다.

그리고 무엇보다 자기 자신이 아는 것이다. 80년 5월, 어느 책방 앞에서 자전거를 타던 소년을 낚아채 죽어라 두드려 팬 기억을 어찌 잊을 수 있겠는가?

총을 쏜 자는 자기가 누구를 죽였는지 모를 수도 있지만 진압봉과 대검으로 누군가를 죽인 사람은 모를 수가 없다. 자신의 진압봉을 통해 전해 오던 떨림을, 자신의 대검 끝에 전해 오던 묵직함을 어떻게 모를 수 있겠나?

내 남은 희망은 그것이다. 기훈이를 두개골이 바스라지도록 두들겨 팬 그 사람들을 찾아내서 그날, 왜 그랬냐고 물었을 때, 그들이 이렇게 대답해 주기를 바라는 것이다. 그때는 제정신이 아니었다고, 미쳐 있었다고, 그래서 제 정신이 들어 자신이 한 짓을 알았을 때 너무나 괴로웠다고, 평생을 괴로워하며 살았다고. 나는 그런 대답을 기훈이에게 들려주고 싶다. 그들이 그렇게 말해 준다면 나는 기훈이를 대신해 그들을 용서해 주고 싶다.

그러나 그들이, 그건 명령을 수행한 것뿐이었다고, 자기는 잘못이 없다고 한다면 나는 그들을 결코 용서할 수 없을 것이다. 기훈이가 당한 그대로 그들에게 하지 않으리라고 장담할 수 없다. 나는 역사적인 사명감으로 이 일을 하겠다는 게 아니다. 이것은 내 친구에 대한 나의 개인적인 의리이다. 차라리 군인들에게 환각제를 탄 술을 먹였다는 당시의 유언비어가 사실이면 좋겠다고 나는 생각한다. 제정신의 인간이 그런 짓을 한 거라면 어떻게 그들과 같은 인간의 탈을 쓰고 아무렇지 않게 살아갈 수 있겠는가.

자, 얘기는 끝났다. 선생 습관이 남았으니 결론적으로 한 마디만 더 하마. 나는 너희들에게 불의의 명령을 따르지 말라고는 하지 못한다. 자신의 목숨이 걸려 있을 때 그것을 버리라는 요구는 누구도 할 수 없다. 그러나 죽음이 두려워 명령을 따른 것이라 할지라도 최소한 자신이 한 짓만은 인정하는 인간이 되기를 바란다. 명령이라는 이름 뒤로 숨어 시치미 떼는 비루한 인간만은 되지 않기를 바란다.

아, 어떻게 먹고 살 거냐고? 으하하, 고맙다. 내가 먹고 살 것까지 걱정해 주다니 너희야말로 나의 참제자다. 걱정마라. 수학문제집 만드는 일을 하기로 했으니 굶어 죽지는 않을 거다. 사실 지금까지 나한테 배운 걸 다 잊어도 좋다. 인수분해든 2차방정식이든, 아니, 내가 방금 전에 말한 거창한 부탁도 잊어도 좋다.

그러나 단 한 가지만은 기억해 주기 바란다. 박기훈이라는 이름 석 자, 내 친구였지만 공수부대의 진압봉에 두드려 맞아 열여섯에 죽어 이제는 여러분의 친구가 되고 싶어 하는 그 녀석의 이름만은 말이다. 오늘 내 수업 목표가 그것이었으니까. 역사란 결국 한 사람의 이름을 사무치게 기억하는 일일 뿐일지도 모른다.

끝까지 조용히 들어주어 진심으로 고맙다. 진작 이런 태도였다면 너희들의 수학 성적은 엄청나게 좋아졌을 것이다. 졸업을 축하한다. 다들 멋진 어른으로 자라기를 바란다. 기훈이도 살아 있었다면 멋진 어른이 되었을 것이다. 오늘 수업은 여기까지다. 이상.

<작가의 말>

  1980년 5월, 이 나라에 있었던 비극은 아무리 돌이켜 보아도 뼈가 시립니다. 그때 죽어간 어린 넋을 위로해 주고 싶은 마음에 자료를 뒤적이다 나는 다시금 밀려드는 분노와 슬픔을 견디기가 힘들었습니다. 이렇게 흐른 세월로도 씻어 낼 수 없을 만큼 그것은 엄청난 비극이었고, 사악한 어른들 때문에 죽어간 어린 친구들도 너무 많았습니다.

  박기현 군의 사례를 선택한 것은 박 군의 묘지 번호가 그 어린 친구들 중 가장 앞쪽에 있었던 탓도 컸지만(그만큼 어린 친구들의 죽음은 어느 것이나 더하고 덜할 것 없이 쓰라리기 짝이 없었습니다), 이상하게도 그의 사연이 가슴에 콱 박혔던 것입니다.

  이 글 속에서 이름 한 글자가 바뀐 채 나오는 박기훈 학생의 모델이 바로 박기현 군입니다. 이 글은 물론 허구의 소설입니다만 박 군의 죽음에 대한 부분만은 거의 사실에서 옮겨 왔습니다. 이장할 때의 광경도 그렇습니다. 자료는 『그해 오월 나는 살고 싶었다』라는 증언록에서 가져왔습니다. 박 군은 국립 5.18묘지에 묻혀 있습니다.

인적 사항은 다음과 같습니다.

이름 박기현

묘지번호 1-08

생년월일 1966년 2월 8일

직업 중학생(동신중학교 3학년)

사망일자 1980년 5월 20일

사망장소 계림극장 동문다리 부근

사망원인 뇌좌상, 두부.배흉부.우완상부 다발성 타박상

지금 쓰는 '작가의 말'은 소설이 아니니, 여러분에게 새로이 부탁드립니다. 박기훈이 아닌, 박기현이란 이름 석 자를 사무치게 기억해 주십시오. 열여섯도 아닌, 열다섯에 죽은 기현이는 여러분과 친구가 되고 싶어 그렇게 나한테 와 콱 박혔던 것인지도 모르니까요.

울고 있니, 너?

방문을 열자 그 애가 서있었다.

그 애는 눈을 내리깐 채 소중한 듯 두 손으로 작은 화분을 들고 서 있었다. 지금 나는 그 애를 '그 애'라고 말하고 있지만 그렇게 말해도 되는지는 잘 모르겠다. 단발머리에 눈 코 입이 분명한 모습은 사람처럼 보였지만, 이마 옆으로 솟아난 귀와 온몸을 덮은 갈색의 짧은 솜털은 그 애를 고양잇과의 어떤 짐승처럼 느껴지게 했다.

나는 흘낏 그 애에게 눈길을 주기는 했지만 늘 보던 물건을 보듯 그 애를 그냥 지나쳤다. 놀라지도, 겁에 질리지도 않았다. 나는 다른 날과 똑같이 옷장에서 잠옷을 꺼내 갈아입고, 방 불을 끄고,

침대에 누워 스탠드의 불을 켰다. 그리고 어젯밤 읽다 둔 '아름다운 우주 스토리'란 책을 펼쳤다. 오늘 읽을 부분은 별의 최후에 해당하는 부분이었다.

별의 운명은 세 갈래라고 했다. 크기가 쪼그라들어 작아진 것은 백색왜성이라고 하는데, 그것은 별의 시체나 마찬가지였다. 크기가 엄청나게 큰 것은 폭발을 일으켜 초신성이 되었다가 마침내 블랙홀로 일생이 끝난다. 그리고 중간 정도의 별이라면 초신성 폭발을 일으켜 상당 부분을 날려 보낸 다음 붕괴하여 아주 작고 밀도가 높은 중성자별이 된다. 별들도 살다 죽는다니, 그리고 어떤 별은 쪼그라든 시체가 되고, 어떤 별은 폭발하여 검은 늪이 되거나 아주 단단하고 작은 또 다른 별이 된다니, 그것은 과학책이 아니라 시집이나 동화책을 읽는 것처럼 재미있었다. 그러나 그 뒤의 이야기는 어려워서 머리에 들어오지 않았다.

슬슬 눈꺼풀이 무거워지기도 해서 나는 책을 덮고, 스탠드의 불을 끄려다가 다시 그 애를 보았다. 그 애는 어느새 스탠드 뒤, 불빛 뒤의 어둠 속에 서 있었다. 방문 뒤에 서 있던 모습 그대로였다. 너무 그대로여서 입체가 아닌 그림처럼 여겨졌다. 누가 그림을 옮겨다 놓은 것만 같았다. 눈을 내리깐 채 소중한 듯 두 손으로 화분을 들고 있는 모습, 화분에는 거무튀튀한 작은 나무가 심어져 있었다. 나무는 아주 작았지만 모양을 다 갖추고 있어 분재처럼 보였다. 이파리가 하나도 달려 있지 않아 죽은 나무처럼 보이기도 했다. 어떤 기적도 없이 그 애가 그렇게 다시 내 옆에 와 서 있는 데도 나는 여전히 아무렇지 않았다.

스탠드의 불을 껐다. 불이 꺼지자 그 애도 눈앞에서 사라졌다. 어둠 속 어딘가에 있겠지만 내 눈에는 더 이상 보이지 않았다. 나는 자려고 눈을 감았다. 그러자 비로소 그런 생각이 들었다. 왜 나는 저런 걸 보고도 아무렇지도 않지? 놀라거나 무서워해야 하는 게 정상이잖아? 나는 그런 내 자신이 너무 이상해서 내가 아닌 낯선 사람처럼 느껴졌다. 하지만 종합반 강의까지 듣고 늦게 온 터라 어찌나 피곤한지 그대로 잠이 들고 말았다.

아침에 눈을 떴을 때는 아무 것도 없었다. 나는 지난밤에 내가 꿈을 꾸었던가, 의심했다. 꿈속이라면 아무리 이상한 것을 보더라도 놀라거나 무서워하지 않을 수 있다. 하지만 옆에 놓인 책을 들춰보니 별의 인생에 대해 읽은 게 분명했다. 그 책을 읽는 것보다 먼저 그 애를 보았으니 꿈은 아니었다.

다른 날 아침과 똑같이 나는 엄마 아빠와 식탁에 앉아 토스트와 우유를 먹었다.

"별의 일생에도 끝이 있대."

토스트를 먹다 내가 말하자, 별이니 바람이니, 그런 것들 앞에서 맥을 못 추는 엄마의 눈이 당장 빛났다.

"어머, 멋지다! 어떻게 끝나니, 별들의 삶은?"

"백색왜성이 되거나, 블랙홀이 되거나, 중성자별이 된대."

나는 '시체가 되거나 검은 늪이 되거나 작고 단단한 별이 된다'고 말하려다 일부러 과학적인 용어로 말했다. 엄마의 눈빛이 너무 빛나는 게 거슬렸다. 나는 엄마의 문학소녀 같은 호들갑이 싫었다. 그러나 내가 이런 심술을 부리는 경우는 없었다. 다른 때 같으면 나는 엄마를 기쁘게 해 주기 위해 이왕이면 그런 표현을 더 골라 썼을 것이다.

"뭔 이름들이 그렇게 다 어렵니? 블랙홀 빼곤 모르겠네."

엄마는 단박에 꼬리를 내렸다.

"별의 말로를 들여다보면 인기인들을 스타라고 말하는 게 딱 맞는 것 같지 않냐? 스타들의 말로도 그 셋 중의 하나잖아? 백색 왜성처럼 쪼그라들거나 블랙홀처럼 신비한 존재로 남거나 스타의 자리에서 내려와 중성자별처럼 단단한 실력을 갖춘 보조적인 중견이 되거나."

나는 아빠의 말에 "흠, 진짜 그렇네. 우연인진 몰라도 정말 비슷하네."하며 고개를 끄떡였다. 아빠다운 얘기였다. 아빠는 과학 관련 책을 주로 내는 작은 출판사를 하고 있다. 아빠는 과학을 좋아해서 내 이름까지 소립자의 아름다움이란 뜻으로 '소미'라고 지었다. '소립자는 모든 것의 기본이 되니까 얼마나 아름답니?'라고 말했다. 분자가 모든 것의 기본이 아니라 얼마나 다행인가. 그랬다면 내 이름은 분미가 될 뻔했다.

그런 생각을 하다 보니 문득 엄마한테 미안한 마음이 들어 나는 다시 말했다.

"엄마, 중성자별은 별이 죽어서 새로 태어난 별이야. 별치고는 작지만 밀도가 아주 높은 별이래."

"별이 죽어 다시 별이 된다고? 어머나, 멋지다, 진짜 근사한 말이야."

다행이다. 엄마를 무시해서 괴로웠던 마음이 괜찮아졌다.

아빠와 나는 엄마의 배웅을 받으며 집을 나섰다. 아빠 출판사 가는 길에 우리 학교가 있기 때문에 나는 아침마다 아빠 차를 타고 학교에 간다. 가면서 아빠가 물었다.

"문과 이과 정하는 게 언제까지랬지? 이제 마음을 정했니?"

"아니. 아직도 왔다 갔다 해. 모레까진데 큰일이야."

"우리 소미는 양쪽 다 잘 해서 고민이 많구나."

"어느 쪽도 아주 잘 하지는 않는 거라 그런 거지, 뭐."

"아빠 생각엔 이과로 가는 게 좋을 것 같아. 여학생들은 이과 쪽에 성적 좋은 애들이 많으니까 고3 때 좋지 않을까? 아무래도 공부는 분위기가 중요하거든."

"이름만 따지면 난 딱 이과로 가야 하는데, 그치?"

내가 장난스레 말하자 아빠는 큰 소리로 웃으며 말했다.

"하하, 그러게. 소립자가 문과로 가는 건 좀 안 어울리지?"

사실 나는 아빠와의 대화에 건성이었다. 아빠한테 그 애 얘기를 할까 하다가 나는 참았다. 믿어 주지도 않겠거니와 괜히 내 건강이나 걱정할 것이다. 그러나 그 보다는 무언가 그 애 얘기는 나 혼자만 간직해야할 것 같은 느낌이 더 강해서였다.

문득 등 뒤의 느낌이 이상해서 나는 고개를 돌려 뒷좌석을 보았다. 그 애가 거기 앉아 있었다. 여전히 눈을 내리깐 채 분재 같은 그 검은 나무가 담긴 화분을 소중하게 끌어안고 있었다.

"왜? 뒤에 뭐가 있어?"

아빠는 백미러를 들여다보며 말했다. 아빠 눈에는 보이지 않는 게 분명했다.

"아니, 그냥."

나는 심드렁하게 말하며 앞을 보았다. 내가 무슨 신경병에 걸렸을 수도 있다. 그래서 저런 헛것이 보이는지도. 그러나 나는 저 헛것보다 저 애를 보고도 아무렇지도 않은 내 자신이 더 이상하게 여겨졌다. 학교 앞에서 내릴 때 뒷좌석을 보니 그 애는 그새 사라지고 없었다.

"소미야, 나, 정훈이 땜에 죽겠어."

급식을 먹고 교실로 걸어가면서 연주가 말했다.

"왜?"

"아무래도 애 맘이 변한 거 같아. 약속도 자꾸 미루고, 전화도 자꾸 꺼 놓고……."

"그래? 언제부터?"

"한참 됐어. 그러고 보니 집에서 과외 한다고 할 때부터 조금씩 달라진 것 같네. 그 과외에 3반 재희도 같이 한댔거든…… 재희, 걔가 보통 까진 애가 아니잖아?"

우리는 등나무 벤치 아래로 갔다. 내가 해 줄 말은 없었다. 연주는 이미 정훈이를 의심하고 있었고, 정훈이의 행동은 내가 보기에도 미심쩍은 데가 많았다.

"정훈이 만나서 직접 얘기해 봐. 의심암귀(疑心暗鬼)래잖아? 혼자 생각하고 있으면 한없이 나가는 게 의심이니까."

나는 책에서 읽은 한자성어까지 써 가며 말했다. 의심암귀라니, 머리를 풀어 헤치고 소복을 입은 귀신의 모습이 떠올랐다. 다른 때 같으면, "뭐야, 너, 또 공부벌레 티 낼 거야?"하며 놀려댔을 연주였지만 지금은 오직 자기 문제에만 빠져 있어 그럴 여유가 없어 보였다.

"근데 그랬다가 정말 정훈이가 맘 변한 거면 어떡하지? 나, 그게 무섭기도 해."

나는 말 없이 연주 손을 꼭 잡아 줬었다. 연주의 마음을 알 것 같았다.

"그래, 무서워도 이러고 있는 것보단 낫겠지?"

연주가 나를 보며 말했다. 나는 고개를 끄떡였다. 그러는데 언제 왔는지 연주 옆에 그 애가 앉아 있었다. 나는 물끄러미 그 애를 바라보았다. 여전히 눈을 내리깔고 검은 나무를 소중히 들고 있는 아이.

"뭘 봐? 뭐가 있어?"

마침 그때 5교시 시작종이 울렸다. 나는 얼른 대답했다.

"아냐, 아무 것도. 종쳤다. 빨랑 들어가자."

"오늘은 선생님들 회의가 있어서 야간 자율학습은 안 합니다."

담임의 말에 아이들은 책상을 두드려대며 함성을 질렀다. 태규에게선 당장 '아싸! 하늘이 우리 기념일을 챙겨 주시네'라는 문자가 왔다. 오늘은 태규와 내가 사귀기로 한 지 200일이 되는 날이었다. 중학교 동창이었던 우리는 고등학교에 오자마자 친구를 벗어나 서로 사귀기로 했던 것이다.

그런데 교실 뒷문에 한별이가 기다리고 있었다.

"소미야, 오늘 나랑 떡볶이 먹으러 안 갈래?"

한별이가 떡볶이를 먹으러 가자고 일부러 우리 반에 찾아올 때는 엄마와 크게 싸웠을 때였다. 한별이 엄마는 공부 잘하는 한별이 언니와 공부 못하는 한별이를 눈에 띄게 차별했다. 그래서 한 번씩 견디다 못한 한별이가 항의를 하면 엄마는 '억울하면 성적을 올리라'는 식으로 말해서 한별이의 가슴에 못을 더 쾅쾅 박곤 했다. 나는 한별이 가슴에 또 다시 박혔을 큰 못이 보이는 것만 같았다.

"어쩌지? 오늘 우리 200일 기념일이라…… 미안해. 내일 가자."

나는 어쩔 줄 모르며 대답했다. 그냥 데이트라면 얼마든지 취소하고 한별이랑 갔을 것이다. 그러나 200일 기념인 오늘은 태규의 기분도 생각해 줘야 했다.

"그래, 내일 혹시 또 야자 안 하면! 괜찮아. 200일 축하해. 재밌게 놀아."

한별이는 웃으면서 말했지만 말이 끝나기도 전에 몸을 홱 돌렸다. 화가 나서가 아니라 서운한 자신의 얼굴을 보이기 싫어서 그런 것이란 걸 나는 알았다. 내일 또 야자를 안 할 리는 없었으니 '내일 가자'는 내 말은 빈말이나 다름없었다. 야자를 하면 끝나자마자 학원으로 직행해야만 했다. 떡볶이집 잠깐 들르는 거야 할수 있겠지만 한별이가 떡볶이가 먹고 싶어 나를 찾아온 것은 아니니까 말이다. 나는 한별이한테 정말 미안했다.

사거리에 있는 피자집은 아늑해서 우리의 기념 파티에 좋았다. 태규와 나는 선물부터 교환했다.

"먼저 풀어봐!"

태규가 졸랐다. 나는 은색 포장지를 풀었다. 별 모양의 펜던트가 달린 예쁜 은 목걸이가 나왔다. 카드에는 '사랑하는 소미에게, 너는 내 가슴 속 반짝이는 별이야. 네가 있어 나는 사는 게 즐거워. 우리의 200일이 2천 일이 되고, 2만일이 되고, 영원이 되기를 빌어.'라고 적혀 있었다.

"아, 너무 예쁘다. 고마워!"

내 말에 태규는 멋쩍은 듯 웃더니 내 선물을 풀었다.

"와! 어떻게 이걸 샀어? 내가 딱 사고 싶어 했던 건데 어떻게 알았어?"

내 선물은 열쇠고리에도 매달 수 있는 미니 스피커였다. 핸드폰이든 MP3든 음질 좋게 들을 수 있게 해주는 아이디어 상품이었다. 태규 방 컴퓨터에 즐겨찾기 되어 있는 그 제품을 우연히 보아 두었던 것이다.

태규는 내가 쓴 카드를 소리 내어 읽었다.

"아주 조그만 스피커지만 너를 아주 많이 행복하게 해 주길 빌어. 히히, 진짜 행복하긴 한데, 그래도 사랑하는 서방님께, 뭐, 이런 달달한 말이라도 좀 써 줄 것이지."

38

태규는 내내 들떠 있었다. 다른 때 같으면 나도 함께 들떴을 것이다. 물론 지금 나도 겉으로는 들떠있는 것처럼 보일 것이다. 그러나 지금 나는 태규를 실망시키지 않기 위해 그런 척하고 있을 뿐이다. 피자를 집다 다시 이상한 느낌이 들어 앞을 보니 태규 옆자리에 그 아이가 앉아 있었다. 여전한 그 모습 그대로.

"왜 그래? 뭘 봐?"

옆자리로 향한 내 눈길을 보고 태규가 고개를 옆으로 돌렸다. 뒤쪽 벽으로 고흐의 복사화 한 점이 붙어 있었다.

"아, 저 그림, 내가 좋아하는 그림이야. 별이 빛나는 밤에라는 그림."

내 말에 태규의 얼굴이 환해졌다.

"내가 별 목걸이를 선물했는데 딱 맞는 그림이네. 오늘은 왜 이렇게 뭐든지 박자가 척척 맞냐? 신기하네."

"그러게. 진짜 기분 좋다!"

나는 일부러 활짝 웃으며, 그 애 쪽으로 눈길을 보내지 않으려 애썼다. 그래도 그 애의 존재를 느끼지 않을 수는 없었다. 피자를 먹고 나올 때에도 그 애는 그 자리에 그대로 앉아 있었다. 여전히 눈을 내리깐 채, 검은 나무를 들고.

우리는 학원을 빼먹고 영화를 보러 갔다. 시간이 맞는 영화는 '최종병기 활' 뿐이었다.

"200일 기념 영화로는 좀 그렇지만 솔직히 나, 이 영화 너무 보고 싶었어."

태규가 표를 사오며 미안한 듯 말했다.

"나도 원래 박해일 팬이야. 좋아."

"응? 박해일 팬이라고? 그럼 내 라이벌인데, 보면 안 되잖아?"

말은 그렇게 하면서도 태규는 큰 소리로 웃었다. 영화는 재미있었다. 그럼에도 나는 영화에 몰입할 수 없었다. 내 오른쪽 빈자리에 그 애가 쭉 앉아 있었던 것이다. 그 애는 극장 안에 불이 들어오고 우리가 나갈 때까지도 그대로 앉아 있었다. 눈을 내리깐 채 그 검은 나무 화분만 들고.

우리 아파트 단지 앞에 이르렀을 때 태규가 나를 불쑥 안으며 말했다.

"너, 어디 아파? 아니면 무슨 걱정 있어?"

나는 깜짝 놀라 되물었다.

"아니. 왜? 내가 이상해 보여?"

"그래. 이상해. 처음 만났을 때부터 모든 게 억지 같았어. 내내 속아주는 척 했지만……."

아, 태규도 속아주는 척 한 거구나. 우리는 오늘 서로를 속이기만 했구나.

"그랬어? 미안해. 난 괜찮아. 왜 그렇게 보였을까?"

"괜찮다면 됐어. 어디 아프거나 걱정이 있는 건 아닌가 싶었어."

태규가 다 알아채고 있었다니 너무나 미안했다. 나는 겨우 고개를 들고 말했다.

"좀 피곤해서 그런가봐. 내일은 괜찮을 거야. 미안해. 고맙고……."

태규는 잘 자라며 내 등을 두드려 주고는 떠났다.

태규와 헤어져 집에 돌아가서도 나는 내 방에 들어가기가 내키지 않았다. 그래서 옷도 갈아입지 않은 채 엄마 아빠 옆에 앉아 늦은 TV 방송을 봤다. 마침 '유희열의 스케치북'을 하고 있었다. 엄마 아빠가 다 좋아하는 '장기하와 얼굴들'이 나와 노래를 불렀다.

"장기하는 안경 끼고 있을 때는 딱 서울대생 같더니 안경 벗으니까 날라리 같네."

아빠의 말에 엄마는 "진짜 그러네. 안경 안 쓰니까 딴 사람 같아."하고 맞장구를 쳤다.

장기하 노래가 끝나자 아빠는 나를 보고 말했다.

"이제 들어가 자야지."

아빠의 재촉이 아니더라도 더 이상 내 방에 들어가지 않을 핑계는 없었다. 겁이 나는 건 아니었다. 내키지 않을 뿐이었다.

나는 내 방문을 열자마자 불을 켰다. 그런데 그 애가 보이지 않왔다. 왜 없지? 나는 고개를 돌리며 방안을 다 둘러보았다. 있으리라 생각한 곳에 나타나지 않으니까 오히려 이상했다. 나는 잠옷으로 갈아입고, 불을 끄고, 침대에 누웠다. 너무 피곤해서 책을 읽고 싶은 생각이 들지 않아 스탠드는 켜지 않은 채 그대로 누웠다.

그러나 잠은 오지 않았다. 어젯밤부터 종일 내게 나타났던 그 애가 왜 지금은 나타나지 않는지 궁금했다. 극장에서 보았던 마지막 모습이 눈에 선했다. 비로소 나는 그 애에 대해 생각하기 시작했다. 지금까지는 그 애보다는 그 애를 보고도 놀라지 않는 내 자신에 대해서만 의아해 했다. 그 애는 대체 누구일까? 어떤 존재일까? 사람이 아닌 것은 분명했다. 그렇다고 귀신같지도 않았다. 귀신이라면 겁 많은 내가 이렇게 태연할 수 있을까? 소름이 끼치거나 오싹 한기가 들어야 했다. 그렇다면 그 애는 대체 무엇일까?

눈을 감은 채 나는 그 애를 그려보았다. 그 애는 매번 똑같은 모습으로 나타났다. 눈을 내리 뜬 모습. 한 번도 눈을 뜬 모습을 보지 못했다. 그 애가 손에 들고 있는 검은 나무는 또 무엇일까? 갑자기 왜 내게 그런 애가 나타나는 것일까? 그것이 헛것이라 할지라도 나한테 나타날 이유는 없었다. 나는 행복하고 건강한 아이다. 나는 아무런 부족함도 없는 아이다. 이해심 깊고, 다정한 부모와 너무 잘 살지도, 못 살지도 않는 적당한 가정환경에, 공부도 재수 없을 만큼 잘 하지는 않고, 골고루 쪽팔리지 않을 만큼 잘 한다. 친구들이 꺼릴 만큼 예쁘지는 않아도 남자들에게 호감을 줄 만큼은 생겼다. 선생님들도 나를 좋아하고, 친구들도 나를 좋아한다. 다들 내가 속이 깊고, 착하다고 한다. 나는 누구의 마음도 아프게 하지 않기 위해 늘 노력한다. 거기다 나를 아주 많이 아껴 주는 남자 친구도 있다. 아무리 주위를 둘러봐도 나만큼 행복한 아이는 없다. 다들 어딘가 불행하다. 지나치게 부유하든가, 지나치게 가난하든가, 부모가 닦달이 심하든가, 부모가 너무 무심하든가, 외모 콤플렉스가 있든가, 아니면 너무 도드라지게 예쁘든가, 공부를 너무 못하거나, 아이들이 따돌릴 만큼 잘하든가……. 그래, 나는 정말 행복하다. 그래서 나는 누구하고나 잘 지낸다. 부모하고도, 선생님들하고도, 친구들하고도, 다들 잘 지내니까 부딪힐 일이 없다. 그래, 나는 정말 행복해. 나는 조금도 외롭지 않아……. 그러는데 갑자기 코끝이 시큰했다. 왜 그런지는 몰랐다. 웃기네, 내가 왜 이래? 어디에 정말 병이라도 생겼나? 그러면서 나는 잠이 들었다.

한밤중이었다. 갑자기 나는 잠에서 깨어났다. 몇 시나 되었나 싶어 스탠드의 불을 켰다. 그런데…… 있었다. 그 애가 스탠드 불빛 뒤, 어둠 속에 서 있었다. 어둠 속에 서 있는 그 애는 희미하게 보였지만 그래도 분명 그 애였고, 어제와 똑같이 눈을 내리깐 채 검은 나무를 들고 서 있었다. 나는 몸을 일으켜 그 애를 바라보다 처음으로 그 애에게 말을 걸었다.

"넌…… 누구니?"

대답이 없었다.

"왜 나한테 나타난 거야? 할 말이 있니?"

여전히 그 애는 대답이 없었다. 역시 헛것이었나 보다. 내가 신경이 예민해져 헛것을 보는 것이다. 그런데 어쩐지 그 애가 외로워 보였다. 저 애한테는 아무도 없는 모양이다. 너무 외로워서 나한테 나타난 것인지도 몰랐다. 나는 다시 물었다.

"너, 외롭구나. 그치?"

내 말에 그 애는 처음으로 눈을 뜨고 나를 바라보았다. 그 눈은 매우 낯이 익었다. 아, 저 눈은 내 눈이랑 아주 비슷하네. 그런데 그 눈이 금세 그렁그렁해지더니 눈물이 흘러내리기 시작했다. 나는 깜짝 놀랐다. 눈물은 그 검은 나무 위로 뚝뚝 떨어졌다.

"울고 있니, 너?"

물어볼 필요도 없는 말이었다. 그 애는 울고 있었다. 나는 그저 멍하니 그 애를 바라보았다. 왜 우는 걸까? 쟤는 정말 외로웠던 모양이야. 슬프고 힘들었나 봐. 아무도 없이……. 그러는데 어느새 내 눈에서도 눈물이 흐르기 시작했다. 가슴 밑바닥에 뭉쳐 있던 무엇인가가 왈칵 치솟아 올랐다. 우리는 거울처럼 마주본 채 울고 있었다. 비로소 나는 깨달았다. 그 애는 바로 나였다. 내 속의 또 하나의 나, 내가 계속 무시해 온 아이, 남들만 보느라고 한 번도 안아주지 못했던 아이, 그것은 바로 내 자신이었다. 나는 행복하지 않았다. 나는 외로웠다. 나는 배려심 깊고 착한 아이가 아니었다. 아니다, 그 모든 아이, 행복하고, 외롭지 않고, 배려심 깊고, 착한 아이도 역시 '나'였다. 그러나 나는 그 아이만을 챙기느라 어둠 속의 저 애는 내팽개쳐 두었다. 얼마나 무시했으면 저렇게 저 애가 어둠을 뚫고 스스로 내 앞에 나올 생각을 다 했을까. 미안해, 정말 미안해.

한참을 울다 서로 쳐다보니 눈물만이 아니라 콧물까지 나와 얼굴이 엉망이었다. 우리는 티슈를 뽑아 눈물도 닦고 코도 풀었다. 그리고 나서야 우리는 서로를 보고 웃었다.

그러자 갑자기 잠이 쏟아졌다. 동틀 때가 다 된 것 같았다.

나는 자리에 누웠다. 스탠드의 불을 끄자 그 애는 보이지 않았다. 하지만 이제 나는 그 애가 내 옆에 누워 편안히 잠들 거라는 걸 알았다. 다음에 그 애가 나타날 때면 그 검은 나무에도 한 두 잎쯤 푸른 잎이 돋아나 있을 지도 몰랐다. 나는 조용히 어둠을 향해 말했다.

"잘 자, 소미야."

<작가의 말>

어떤 그림 한 장에 마음을 빼앗긴 적이 있어요. 시들어 가는 작고 검은 나무가 심어진 화분을 들고 있는 어떤 존재의 그림이었어요. 그 존재는 사람도 아니고, 짐승도 아니었지요. 어찌 보면 사람 같고, 어찌 보면 짐승처럼 보였는데, 왜 그렇게 마음을 빼앗겼는지 모르겠어요. 나는 그 그림을 인쇄해서 방에 붙여 놓고 계속 바라보았지요. 자꾸 바라보니 마음이 슬퍼졌어요. 그 존재가 참 슬프고 외로워 보였지요. 계속 더 들여다보니 그것은 내 모습, 아니, 우리 모두의 모습처럼도 보였어요.

그림자는 빛이 있을 때에만 생기지요. 빛의 반대편에 생기는 그림자, 햇볕이 강할수록 더 또렷해지고, 희미하면 같이 희미해지는 그림자, 어두워지면 오히려 사라지고 마는 그림자.

우리의 내면에는 그런 그림자가 있다고 해요. 행복하고 밝은 존재일수록 그림자는 더 짙어지겠죠. 행복하고 밝은 주인이 그림자를 바라봐 주지 않으니까요. 우울하고 불행한 존재라면 자신을 온통 그림자로 덮어서 자기 안의 태양이 숨을 쉬지 못하게 하기도 하고요.

소미는 스스로를 행복하다고 생각하고, 주변 사람들을 배려하며 사느라 정작 자신의 그림자는 들여다보지 않았어요. 어둠도 밝음도 다 자신의 모습인데, 그림자 쪽으로는 고개도 돌리지 않았으니 그림자는 얼마나 슬프고 외로웠겠어요?

어쩌면 나는 세상의 외로운 그림자들을 위해 이 글을 썼는지도 모르겠어요. 그들의 아우성이 내 마음을 흔들어서요. 성함을 몰라 언급할 수는 없지만 그 그림을 그리신 화가님께도 고마운 마음을 전합니다. 이 글은 그 그림 때문에 태어난 글이니까요.

그건 사랑이라고, 사랑

"이게 지금, 2만 6천 원이 아니고, 26만 원이란 말이니?"

하마터면 나는 엄마 입을 틀어막을 뻔했다. 옆에서 옷 정리를 하고 있는 알바생 언니가 그 말을 들었을까봐 얼굴이 화끈거렸다. '캘빈 스미스' 청바지가 2만 6천 원짜리가 어디 있냐고? 전철역 지하상가에서 균일가 청바지만 사 입는 엄마 입에서나 나올 소리지. 정말 몰라도 너무 모르는 우리 엄마다. 그런데도 엄마는 비난에 찬 눈빛으로 나를 바라본다. 나 역시 그런 엄마를 쏘아본다. 엄마는 가격표를 쥐었던 손을 놓더니 말없이 매장을 나가 버린다.

"엄마! 어딜 가?"

나는 알바생 언니의 눈초리를 뒤통수에 받으며 엄마를 쫓아나간다. 이미 기분은 잡쳤다. 하지만 내가 저 청바지를 어떻게 찾아

냈는데, 절대로 포기할 수 없다.

뒷모습만으로도 화가 난 티가 철철 넘치는 엄마를 나는 달려가 붙잡는다. 어쩔 수 없다, 내가 사랑하는 것을 얻기 위해서라면.

"엄마, 내 생일선물이잖아? 내가 꼭 갖고 싶은 거, 사준다며? 난 저 청바지가 미치도록 입고 싶단 말이야. 용돈도 안 쓰고 13만 원이나 모았어. 그냥 엄마가 좀 보태서 사주면 안 돼?"

엄마는 멈춰 선 채 다시 좀 전의 그 눈빛으로 나를 보더니 말한다.

"난 못해. 청바지 한 벌에 30만 원이라니 말이 되니? 엄마한테 그런 돈도 없지만 돈이 넘쳐나도 나는 그 옷 못 사준다."

"왜? 왜 못 사 주는데?"

내 목소리가 커진다.

"어떻게 30만 원짜리 청바지를 사? 난 못한다고!"

엄마 목소리도 커진다. 지나가던 사람들이 우리를 힐끔거린다. 이제는 부끄러운 생각도 안 든다. 나는 따지고 든다.

"왜 마음대로 값을 올려? 뭐가 30만 원이야? 26만 3천 원이거든. 엄만 숫자도 못 읽어? 그리고 누가 엄마더러 입으래? 내가 입을 거라고! 내가 얼마나 오랫동안 찾다 찾다 찾아낸 옷인데!"

"하여튼 난 못 해. 난 내 딸한테 26만 3천 원짜리 청바지를 사

줄 수 없다고!"

"왜? 왜? 내가 입고 싶다는데, 왜? 누가 딸한테 비싼 청바지 사 줬다고 욕할까봐 그래?"

그 말에 엄마는 입을 꾹 다물더니 홱 돌아서 앞으로 걸어간다. 나도 아차, 싶긴 했다. 좀 심한 말을 했다. 사과할 마음은 들지 않는다. 이젠 다 글렀다. 나는 엄마 뒤를 따라가지 않는다. 화가 나다 못해 슬프다. 엄마는 뒤 한번 돌아보지 않고 걸어간다. 내일 모레가 내 생일인데, 오늘은 나의 '사파이어'를 내 품에 안고 갈 수 있을 거라고 가슴 두근거리며 기다렸는데……. 눈물이 펑펑 솟아난다. 나도 홱 돌아서서 걷는다. 엄마를 따라 집에 가고 싶은 생각은 추호도 없다.

정말 엄마가 밉다. 나는 어쩌다 저렇게 콱 막힌 엄마를 엄마로 만난 걸까. 그래, 솔직히 말해 우리 엄마가 그렇게까지 '나쁜 엄마'는 아닐지 모른다. 다른 엄마들처럼 공부하라고 들들 볶지도 않고, 내 말에 귀를 기울여 주고, 나를 친구처럼 대하려고 노력하는 사람이니까. 훨씬 더 콱 막힌 아빠와 싸워가며 내 편을 들어주기도 하니까. 심지어 친구들은 우리 엄마를 이상적인 엄마라며 부러워하기까지 한다. 그럴 때마다 나는 흥, 하고 콧방귀를 뀐다. 공부하란 말만 입에 달고 사는 친구 엄마들이 나도 마음에 들진 않지만 어떤 면에서는 그 엄마들이 우리 엄마보다 트인 점도 있다. 물론 엄마야 자기를 절대로 그렇게 생각하지 않겠지. 말은 안 해도 엄마는 속으로 그 엄마들을 속물이라고 경멸할 게 분명하다. 자기만 교양 있고, 이해심 깊은 '좋은 엄마'라고 믿고 있겠지. 흥, 웃기고 있네.

내 소원은 내 맘에 꼭 드는 청바지 한 벌을 갖는 거다. 시시한 청바지 수 백 벌이 아니라 내 몸에 딱 맞아 내 긴 다리를 강조하고, 늘씬한 핏(fit)을 자랑하는 단 한 벌의 청바지! 스타일리시하고, 섹시하고, 쿨한 청바지! 그것이 아무리 비쌀지라도.

그 소원을 위해 지난 몇 달 동안 나는 악착같이 용돈을 아껴 돈을 모았고, 주말이면 청바지 매장을 샅샅이 돌아다니면서 쉬지 않고 청바지를 입었다 벗었다 했다. 인터넷의 직구사이트를 통해 외국 청바지도 이 잡듯이 뒤졌다. 그러다 찾아낸 청바지가 바로 저 청바지였다. 얼마나 기뻤는지 모른다. 소개팅이란 소개팅은 다 하다가 기어코 자기 마음에 드는 짝을 찾아낸 기분이 이런 걸까.

가격이 엄청나기는 했다. 26만 3천원, 헉, 소리가 절로 나왔다. 그러나 나는 그 청바지를 포기할 수 없었다. 비싸다는 생각보다는 이 세상의 누군가가 그렇게 내 맘에 쏙 드는 옷을 만들어 주었다는 게 고맙기 짝이 없었다. 내 마음에 드는 청바지가 없다면 억만금이 있더라도 무슨 소용이냐 말이다.

하지만 현실은 현실이니 우리 집 사정을 고려하여 나는 어떻게 더 싼값에 살 수 없을지 온갖 사이트들을 뒤져보며 궁리를 했다. 그런데 저 옷은 이미 판매가 종료된 제품이어서 할인되어 파는 물건은커녕 제 값을 주고도 찾기가 힘들었다.

"어딜 가도 못 구해, 이 바지는. 사이즈도 학생 사이즈, 딱 하나 남았네."

매장 주인 말은 과장이 아니었다. 나는 그 청바지가 나를 기다려준 것만 같아 더욱 마음이 설렜다. 그날, 나는 푸른빛의 그 청바지에게 '사파이어'라는 이름을 붙여주었다. 애정하는 물건에 이름을 붙이는 건 나의 어릴 때부터의 습관이었다.

나의 사파이어와 처음 만났던 순간이 떠오른다. 몇 달이고 뒤지고 다녔던 청바지 매장들, 캘빈 스미스 매장만도 안 가본 데가 없었다. 아무리 찾아도 내 맘에 쏙 드는 청바지는 없었다. 무언가 마음에 안 드는 구석이 하나씩은 있었다. 그러다 나의 사파이어가 눈에 띄었을 때, 나는 첫눈에, 이거다, 싶었다. 당장 옷을 들고 피팅룸으로 달려갔다. 가슴이 마구 방망이질 쳤다. 바지에 다리를 넣고, 지퍼를 올린 순간, 나는 꺄악, 환성이 터져 나오는 걸 참느라고 이를 악물었다. 그 옷은 나를 위해 만들어진 옷이었다. 내 몸에 착 달라붙던 그 느낌. 내 눈은 틀림없었다. 그 바지를 입자 내 몸은 모델처럼 달라져 보였고, 나는 내 자신이 업그레이드 된 것 같았다. 한 점의 틈도 없이 내 몸에 밀착되는 옷, 한 점의 틈도 없이 내 맘을 가득 채우는 옷.

사람들이 흔히 말하듯, 우리 엄마가 그렇게 믿듯, 브랜드 네임에 혹한 허영심 때문이 아니었다. 나는 그 옷의 가치를 알아보았고, 그 옷은 내 몸의 가치를 알아보았다. 우리는 서로를 알아보았고, 서로를 선택했다. 가격은 아무런 의미도 없는 숫자일 뿐이었다.

그러나 그 숫자의 돈을 지불할 힘이 내게는 없었다. 용돈에서 아끼고 아껴 몇 달 동안 13만원을 만들어 놓은 게 고작이었다. 그 돈을 위해 나는 꼬르륵거리는 배를 붙든 채 떡볶이나 튀김을 외면했고, 졸린 눈을 비비며 일어나 버스도 안 타고 학교까지 걸어갔다. 괴롭지 않았다. 나의 사파이어가 내 품에 안길 수만 있다면 나는 무엇이든 견딜 수 있었다. 사랑의 감정과 하나도 다르지 않았다. 내 인생에서 사파이어가 사라진다면 나는 당장 바람 빠진 풍선이 될 게 분명했다.

내가 기다린 건 곧 다가올 생일이었다. 엄마는 생일 선물을 꼭 챙겨주는 사람이었다. 내가 원하는 물건이라면 약간 과하다 싶어도 무리를 해서 사 줄 때가 많았다. 어떤 때는 '더 꽉 막힌' 아빠 몰래 사 줄 때도 있었다. 물론 엄마가 비싼 브랜드를 싫어한다는 건 잘 알고 있었다. 엄마는 그런 건 허영심이라며 질색을 했다. 그래도 생일 선물이니까, 그것도 거의 절반은 내가 모은 돈으로 사는 거니까, 내가 조르면 나머지 돈쯤은 못 이기는 척 내줄 줄 알았다. 그래서 나는 헬륨풍선처럼 빵빵해진 심장으로 오늘 엄마를 그 청바지 매장으로 데려갔던 거다. 캘빈 스미스가 그렇게 비싼 매장인 줄도 모르고 잘도 따라 들어오던 엄마는 가격표를 보자마자 얼굴이 창백해졌다. 그때 모든 게 끝났다는 것을 알았어야 했다. '이게 지금, 2만 6천 원이 아니고, 26만 원이란 말이니?' 하는 무지의 목소리가 나를 찌르기 전에.

그 말은 바늘이었다. 한껏 부풀었던 내 심장의 풍선은 그 말의 바늘에 맥없이 터지고 말았다.

나는 혼자 거리를 방황했다. 친구라도 불러 하소연하고 싶었지만 이런 일을 이해해 줄 친구는 내 주변에 없었다. 내 친구들 중에 소위 금 수저는 하나도 없었으니까. 내 친구들은 다들 그냥 그런 가정 형편이었다. 엄마들은 둘째 치고 본인들 스스로 그런 비싼 청바지에 욕심을 내지 않았다. 가장 친한 친구인 정윤이조차 내가 사파이어를 피팅룸에서 입어보고 기뻐 날뛰며 나왔을 때, 처음엔 '와, 진짜 옷이 날개다. 너, 정말 달라 보여!' 하고 외쳐 놓고는 가격표를 보더니 고개를 절레절레 내젓지 않았던가.

"옷이야 죽여주지만 솔직히 이 돈 주고 살 생각은 안 들지 않니? 이 돈이면 다른 옷 몇 벌을 살 텐데?"

정윤이의 말은 내 기쁨에 찬물을 끼얹었다. 쓸쓸했다. 가장 친한 그 애마저 내 마음을 이해해 주지 못하니 누구에게 그것을 바란단 말이냐.

"야, 넌 그냥 괜찮은 남자 열 명을 사귀겠니? 진짜 좋아 죽겠는 남자 하날 사귀겠니?"

화가 나서 내뱉는 내 말에 정윤이는 킥킥거리며 말했다.

"나? 난 그냥 괜찮은 남자 열 명! 암만 좋은 놈이라도 한 명보다는 열 명이 낫지. 다다익선! 아, 물론 형편없는 놈이라면 하나도 싫지만."

나는 입을 다물고 말았다. 다른 건 몰라도 사파이어에 대한 나의 애정을 이해해 줄 친구는 없었다. 결국 나는 혼자 여기저기 거리를 싸돌아 다녀야 했다. 마음으로는 한번이라도 더 사파이어를 보러 가고 싶었지만 알바생 언니가 나를 알아볼 것만 같았다. 이래저래 잡친 기분은 회복되지 않았다.

번호 키를 누르는 소리를 뻔히 들었을 텐데도 싱크대 앞에 서 있는 엄마는 돌아보지 않는다. 나 역시 들어왔다는 말도 안 하고 내 방문을 소리 내어 쾅 닫고 들어간다.

책상 위에 편지 봉투가 놓여 있다. 흥, 보나마나 또 엄마가 편지를 썼겠지. 갑자기 화딱지가 난다. 저렇게 들어오는 딸 얼굴도 보지 않으면서 다정한 척 편지는 잘도 써. 엄마는 늘 그런다. 화가나서 말을 하면 싸움이 되니까, 아니, 말로 하면 나를 이기기 힘드니까 저렇게 편지로 자기 생각을 우긴다. 편지라면 이제 나는 신물이 난다.

초등학교 2학년 때였다. 그때 내가 꽂힌 건 하얀색의 발목부츠였다. 지금처럼 비싼 브랜드의 물건이 아니라 시장 신발 가게에 놓여있던 저렴한 제품이었다. 나는 그 부츠를 본 순간 매혹되어 정신을 차릴 수가 없었다. 그 신을 신으면 내 하얀 겨울 코트가 얼마나 빛날지 눈에 선했다. 그때도 나는 그 신발에 '하양이'란 이름을 당장 붙여 주었다. 하얀 코트를 입고서 내게 있던 검은 부츠, '까망이'를 신을 때면 마음이 언짢았다. 해서는 안 될 범죄를 저지르는 것처럼. 지금 생각해 보면 비닐과 다름없는 인조 가죽의 아동용 부츠였던 하양이는 진짜 가죽 부츠인 까망이에 비하면 껌값이었을 것이다. 문제는 까망이를 산지 얼마 되지 않았다는 사실이었다. 겨울이 시작될 때 엄마가 사 주었던 까망이도 내가 고른 신발이긴 했다. 그러나 어쩌란 말이냐, 그때 그 가게에는 하양이가 없었던 것을.

내 마음을 사로잡는 신발을 나중에 발견했으니 그것은 내 잘못이 아니지 않나. 나는 엄마를 조르기 시작했다. 미칠 듯이 하양이를 사고 싶었으니까. 엄마는 내 요구를 단칼에 거절했다. 신발 산지 얼마 됐다고 또 사냐고 했다. 그 말은 맞는 말이었지만 나는 하양이를 갖고 싶어 견딜 수가 없었다. 지금이라면 그런 말을 했겠지. 사람이 필요한 것만 사냐고, 마음을 온통 빼앗긴 물건이라면 어느 정도 무리를 해서라도 살 수 있는 게 아니냐고. 그때는 그런 논리를 댈 수 없었다. 그래서 나는 무조건 졸라댔고, 그런 나를 엄마는 단호한 논리로 반박했다.

그러던 어느 날이었다. 엄마와 나는 모처럼 사이좋게 마루에 드러누워 쉬고 있었다. 음악도 흐르고 있었다. 엄마는 책을 읽고, 나는 종이 인형 옷을 그리며 놀고 있었다. 한 마디로 분위기가 좋았다. 그러다 나는 나도 모르게 종이 인형에게 하양 부츠를 그려 주게 되었다. 그러자 걷잡을 수 없이 눌러둔 욕망이 솟구쳤고, 나는 다시금 엄마를 졸라대기 시작했다. 물론 엄마는 안 된다고 말했지만 나는 계속 졸라댔고, 결국은 생떼를 쓰게 되었다. 분위기는 당장에 썰렁해졌다. 나도 엄마도 토라져서 말도 안하고 서로 등을 돌렸다. 한참을 그렇게 서로 말도 없이 씩씩거리며 누워 있다가 엄마가 먼저 수첩에 무언가를 써서는 내 앞으로 밀었다.

민하야, 잘 생각해 봐. 신발 산 지 얼마 안 됐는데 또 비슷한 부츠

를 산다는 건 낭비야. 사고 싶다고 세상 물건을 다 살 수 있는 건 아니잖니? 조금만 마음을 다스려봐.

그 말에 나는 화가 더 났다. 그 말은 매우 다정한 말투였는데도 나는 화를 참을 수가 없었다. 나는 수첩에 답장을 썼다.

누가 세상 물건을 다 산댔어? 난 딱 그 부츠 하나만 사고 싶어. 다른 신발은 하나도 필요 없다고.

엄마도 답을 썼다.

이미 너한테는 부츠가 있잖아? 있는 걸 또 사는 건 사치야.

나도 지지 않았다.

부츠는 있지만 그 부츠는 없잖아? 나는 나한테 없는 걸 사는 거야. 엄마는 그게 다 똑같아? 나한테는 완전 달라. 엄마, 제발 사게 해 줘. 나는 정말 그 부츠가 너무 갖고 싶어. 응? 엄마, 제발!

나의 애원에도 엄마는 넘어가지 않았다.

민하야, 어떻게 갖고 싶다고 다 갖니? 참는 마음도 길러야지. 네가 지금 그렇게, 그것만 악착같이 사려고 하는 거야말로 네가 그 부츠의 노예가 되어 있다는 증거야.

나는 화가 치밀어 올라 큰 글씨로 마구 갈겨썼다.

응. 나, 그 부츠의 노예 맞아. 그러니 제발 사 줘. 엄마. 제발, 제발.

엄마는 결국 벌떡 일어나더니 화장실로 들어가 버렸다. 내 앞에서 화를 내는 걸 참기 위해 하는 엄마의 노력이었다. 혼자 남은 나는 평펑 울었다. 하양이를 가질 수 없다는 슬픔에.

결국 그 싸움에서 나는 졌다. 그 뒤로 엄마는 내가 부츠 얘기를 꺼내면 대꾸도 하지 않았다. 어린 나는 돈을 모을 길도 없었다. 그해, 그 겨울, 나는 내내 슬펐다. 나는 내가 정말 하양이의 노예라고 생각했다. 사랑에 빠지면 연인의 노예가 된다고 하지 않나? 나는 하양이에게 반하고, 사랑에 빠졌지만 결국 사랑을 이룰 수 없었다. 눈만 뜨면 생각나던 하양이, 그 겨울 내내 나는 하양이를 그리워했고, 애꿎은 까망이를 미워했다. 네가 없었다면 하양이를 살 수 있었을 텐데, 까망이를 신을 때마다 나는 그렇게 중얼거렸다.

어느 날 나는 정말로 까망이를 학교에서 잃어버렸다. 아무리 찾아도 나오지 않았다. 어린 나는, 내가 그렇게 미워하니 까망이가 달아난 거라고 믿었다. 신발은 원래 걸어 다니는 데 쓰는 물건이니, 까망이가 또박또박 걸어서 혼자 먼 길을 떠나는 모습은 아주 자연스럽게 그려졌다. 그제야 나는 까망이에게 미안했다. 그러나 까망이에게 아무리 미안해도 하양이를 사랑하는 마음, 하양이를 갖지 못하고 만 절망감은 오래도록 사라지지 않았다.

나는 여자로 태어난 게 언제나 좋았다. 아무리 불편하고 억울한 게 많아도 남자보다 훨씬 다양한 옷을 입을 수 있다는 것만으로도 여자인 게 좋았다. 어릴 때부터 나는 어떻게 옷을 입느냐에 따라 내 자신이 달라지는 재미에 흠뻑 빠졌다. 그러나 더 재미있는 건 다른 사람에게 옷을 입히는 일이었다.

어릴 때는 종이 인형 놀이에 빠져 지냈다. 파는 인형을 오려서 갖고 노는 걸로는 성이 차지 않아서 직접 그리기도 했다. 잡지에 나오는 연예인을 오려서 뒤에 종이를 한 겹 더 갖다 붙이면 훌륭한 인형이 되었다. 나는 그 인형들에게 수없이 많은 옷을 그리고, 오려서 입혀 주었다.

손을 좀 더 잘 놀리게 된 초등학교 고학년 때부터는 바비 인형을 가지고 놀았다. 헝겊 쪼가리나 입던 옷들을 가지고 옷을 만들어 주었다. 중학생이 되자 약속이라도 한 듯 친구들은 인형놀이를 그만두었지만 나는 여전히 내 바비 인형 코코를 버리지 않았다. 코코에게 옷을 만들어 입혀 주는 일은 나의 큰 기쁨이었다. 그동안 만들어 준 인형 옷만도 백 벌은 될 것이다. 내가 점찍은 사파이어의 기본 라인도 눈여겨보고 와서 코코에게 만들어 주었다. 코코란 이름도 유명한 디자이너 코코 샤넬의 이름에서 따온 거였다.

내 꿈은 연예인의 의상 코디네이터가 되는 것이다. 연예인처럼 기본 체형이 되는 '살아있는 인형'에게 내 마음대로 옷을 입혀 보고 싶다. 그러나 나는 이런 내 꿈을 말해 본 적이 없다. 엄마한

60

테도 말하지 않았다. 어쩐지 말하면 꿈이 새어나가 버릴까봐서다. 엄마는 내가 만든 인형 옷을 보고 감탄하며, 우리 민하가 패션 디자이너가 되려나, 하고 말했다. 그러나 나는 옷을 새로 디자인하는 것보다는 세상의 수많은 옷들을 재료로 삼아 인간을, 그러니까 '살아있는 인형'을 멋지게 꾸미는 일이 훨씬 흥미롭다. 그런 점에서는 내 자신도 인형이다. 나는 내 취향에 맞는 옷을 선택해 나를 표현하고 싶다. 이건 화가들이 좋은 물감을 찾거나 연주가들이 좋은 악기를 찾는 거랑 비슷하다. 아니, 그냥 사랑이다. 나는 어떤 옷과 어떤 신발과 어떤 가방과 사랑에 빠진다. 어떤 남자와 사랑에 빠지듯이. 사랑에 빠지면 나는 맹목적이 된다. 이 지점에서 엄마와 나는 늘 부딪힌다. 어릴 때의 그 하얀 부츠 사건 이후로는 나도 여간해서는 엄마를 졸라대지 않았다. 그 대신 엄마가 기회를 줄 때 최대한 신중하게 내 '애인'을 골랐다. 그러나 어쩔 수 없이 이런 경우가 생긴다. 딱 사랑이다. 사랑이 어떻게 그렇게 이성적으로만 가능하냐 말이다.

그럴 때 다른 엄마들은 보통, 돈 없어, 하고 말아 버리는데, 우리 엄마는 절대 그러지 않는다. 그 물건이 나에게 안 좋은 이유나, 그렇게 물건을 사서 나쁜 버릇이 생길 거라는 이유를 장황하게 편지로 쓴다. 얼핏 보면 그렇게 하는 엄마가 큰소리치며 욕하는 엄마보다 좋아 보이겠지만 난 이미 그런 스타일에 질릴 대로 질렸다. 차라리, 미쳤냐고 소리치며 안 된다고 하는 엄마들이 나는 심플해 보인다. 그럼 그냥 같이 소리 지르면서 싸우면 될 테니까. 저렇게 뭐든 편지를 써대는 엄마랑 다투는 일은 퍽이나 피곤하다. 뻔하다. 오늘도 분명 그렇게 비싼 청바지를 사서는 안 되는 이유를 줄줄이 늘어놓았겠지. 사치, 허영, 내면의 아름다움이니 어쩌고 저쩌고, 온갖 얘기가 적혀 있을 것이다. 쳐다보기도 싫다.

나는 침대에 몸을 던진다. 나의 소중한 사파이어가 눈앞에 어른거린다. 모자라는 돈을 채우려면 다시 몇 달을 기다려야 할까. 사파이어가 그 자리에서 기다려만 준다면 나도 얼마든지 그 시간쯤 버틸 수 있다. 그러나 사파이어는 딱 한 벌 남은 청바지다. 그 사이에 누군가에게 팔려 사라져 버릴 게 분명하다. 누군가 사파이어를 입고 환호성을 지르며 돈을 지불하는 광경이 떠오른다. 쓰라리다. 너무나 간절히 사파이어를 갖고 싶다. 오늘 그럴 수 있으리라 기대했던 만큼 실망은 더욱 크다. 사파이어만 있다면 내 옷장에 있는 모든 옷들이 살아날 텐데. 아무리 싸구려 티셔츠라도 사파이어 위에 걸친다면 시크한 매력을 뿜낼 수 있을 텐데.

생각할수록 아깝고, 속상하고, 억울하다. 우리 집이 부자는 아니지만 그래도 엄마는 책이나 CD, DVD 같은 건 전집 세트라도 마다하지 않고 사 주지 않나. 작년 생일에는 비싼 블루투스 스피

커도 사 주었다. 그러니까 엄마는 문화와 교양에 대한 물품이라면 조금도 아까워하지 않는 거다. 하긴 옷이나 가방, 신발도 내게 적당한(물론 엄마 생각에) 것이라면 선물로 사 주곤 했다. 이번에는 좀 달랐다. 청바지치고는 엄청 비싼 청바지라는 사실이 나도 걸리긴 했다. 그러나 목숨을 걸어서라도 사랑하는 연인을 차지하고 싶은 사람이라면 그렇게 할 수밖에 없지 않나? 나는 이를테면 그 청바지에게 반한 거고, 사랑에 빠진 건데!

사파이어가 비록 우리 집 형편에 터무니없이 비싼 옷일지라도 그거 한 벌만 사면 나는 10년 동안 청바지를 한 벌도 안 사도 된다. 그렇게 본다면 오히려 절약이 아니냔 말이다. 그러나 엄마는 이런 내 마음을 조금도 모른다. 이해하려고 하지도 않는다.

하긴 엄마가 어떻게 이해하겠나. 엄마는 늘 할인매장이나 벼룩시장에서 옷을 산다. 안목이 아주 없지는 않기 때문에 그런 곳에서 크게 나쁘지 않은 옷을 싸게 사 입는다는 건 나도 인정한다. 그러나 그건 엄마의 스타일이다. 엄마의 스타일은 고정되어 있다. 늘 무난하고, 고상하고, 점잖고, 편안한, 눈에 띄지 않는 평범한 옷이 엄마의 주요 아이템이다. 엄마 친구들도 하나같이 그렇다. 다른 엄마들을 보면 백화점에서 어쩌다 좋은 옷을 한 두 벌씩은 갖춰 입는다. 가방에는 돈을 더 많이 들여서 소위 명품이라는 가방을 무리해서 장만하기도 한다. 물론 그런 스타일도 내 마음에 드는 건 아니지만 최소한 옷의 가격이 어떤지는 아는 사람들이다. 그러나 우리 엄마는 늘 그렇게 저렴한 것들만 구입하니 도대체 웬만한 옷의 가격을 알지도 못한다. 그런 엄마니 '26만 3천 원'이 적힌 가격표를 보고 기절하지 않은 것만도 다행이다.

하지만 엄마도 자기가 좋아하는 책을 사는 데나 영화 구경 같은 데에는 별로 아끼지 않고 돈을 쓰지 않나? 책이나 영화에 돈 쓰는 게 옷이나 화장품에 돈 쓰는 거보다 고상하다고 생각하는 엄마의 마인드가 나는 정말 못마땅하다.

나는 엄마와 만화책 사는 문제로도 한번 부딪혔다. '스타일 만드는 여자'란 만화는 코디네이터가 주인공인 만화였다. 내가 말도 못하게 감동받은 만화여서 나는 20권의 시리즈를 다 소장하고 싶었다. 처음에 엄마는 내가 사겠다는 게 책이라니까 시리즈 전체를 사겠다는 데도 말리지 않았다. 그래놓고는 그게 만화책인 줄 알자 급 당황해서는 내 마음을 바꾸게 하려고 애썼다. 물론 나는 지지 않았다. 엄마가 읽는 어떤 소설보다 그 만화가 못하지 않다는 내 믿음의 힘으로 엄마를 설득했다. 막상 그 만화책이 책상에 꽂히자 책을 좋아하는 엄마는 야금야금 그것을 꺼내 읽기 시작했고, 결국은 나보다 더 열성적인 중독자가 되었다. 그럴 때의 엄마는 귀여웠다. 나한테 고맙다고도 했다. 자기에게 새로운 세계를 알려줬다

64

고. 자기는 솔직히 만화는 무시해 왔다고.

그런저런 생각을 하다 보니 마음이 좀 풀리긴 한다. 사실 사파이어의 값이 비싸긴 비싸니까. 중학생이 입기에 고가인 것도 맞는 말이니까. 그러나 이런 생각은 엄마의 마음을 이해하는 차원에서만 해보는 거다. 내게는 사파이어가 이 세상에 존재하고, 언젠가 내게로 와야 한다는 사실만이 중요하다.

나는 슬며시 책상 위에 있는 편지를 집어 든다.

민하야, 엄마는 오늘 너무 슬펐다. 놀라기도 했고,

너한테 화를 내고 마음이 정말 안 좋았지만 그래도 나는 내 자신을 설득할 수가 없었어. 엄마의 가치관으로는 그렇게 비싼 청바지를 사주는 게 옳은 일이 아니거든. 너를 위해서라도.

그리고 그렇게 비싼 청바지를 사겠다고 우겨대는 너를 보고 실망한 마음도 컸다. 내가 너를 잘못 가르쳤나, 그런 생각까지 들었지.

네가 옷에 대해 안목이 남다르고, 패션을 좋아한다는 것도 잘 알고 있지만 내 눈에는 다른 청바지들과 크게 다르지 않은 그 옷을 그렇게 비싼 값을 주고 사려고 하다니, 나는 아무래도 이해가 가지 않았다. 한창 멋을 부릴 때이고, 요즘 아이들은 브랜드에 민감하다니 그럴 수도 있겠다고 이해해 보려 했지만 잘 되지 않았다. 아무래도 그건 허영인 것 같고, 그런 태도는 올바르지 않다는 게 엄마의 생각이야. 차라리 네가 절반 값의 바지를 두 벌 사겠다고 했으면 나는 무슨 수를 써서라도 사 줬을 텐데. 너의 생일 선물이니까.

어떻게 생각해도 30만 원, 아니 26만 3천 원짜리 청바지를 내 딸에게 사 준다는 건 내 자신에게 용납이 되지 않아. 너의 비난처럼 남이 욕할까봐 그러는 게 아니라.(그 말도 사실 몹시 기분 나빴어. 네가 엄마를 고작 남의 눈치나 보는 사람으로 말하니까. 그거야 뭐, 네가 화가 나서 나오는 대로 내뱉은 말이겠지만.)

화가 몹시 나서 그렇게 확 와 버렸지만 돌아오면서는 사실 후회가 많이 되었어. 마음도 아팠고. 네가 얼마나 간절히 그것을 원하는지 알았으니까 더 그랬지. 그렇게 원하는 것을, 그것을 위해 그렇게 고생까지 한 걸 잘 알고 있었으니까. 무엇보다도 기쁘게 생일선물 사러 나갔다가 이렇게 다 망쳐 버렸으니까. 그건 미안해. 엄마가 좀 더 차분하게 대할 수도 있었을 텐데.

민하야, 어쨌든 지금 우리는 전혀 다른 생각으로 소통이 잘 안 되니까 조금 시간을 둬 보자. 다행히 생일까지는 시간이 남아 있으니까.

그 사이에 너도 정말 그 옷이 그만큼 필요한 건지 더 생각해 봐주면 좋겠다. 엄마도 네 입장에서 생각을 해보도록 할게.

그래서 생일날 다시 얘기해 보자. 그때까진 서로 말 안 하는 게 좋을 것 같아.

누군가의 생각이 이해가 되어 결정이 되면 주말에 그 청바지를 사거나 다른 생일 선물을 사러 가도록 하자. O.K?

예상했던 그대로다. 사람 힘 빠지게 하는 엄마의 편지. 편지만 보면 엄청 다정하고, 이해심 깊은 엄마처럼 보이지 않나. 자기만 좋은 엄마고, 나만 나쁜 년 된다. 아니, 그런 걸 잘 알고 있는 나마저 편지를 읽는 동안은 마음이 누그러져서 엄마에 대한 화가 다 풀릴 뻔했다. 하지만 마음을 잘 가다듬자. 구구절절 좋은 말만 써 놓았지만, 자기만 옳다고 생각하고, 다른 사람의 마음을 이해할 생각이 별로 없다는 게 나는 보인다. 내 입장에서 생각해 보겠다고 써 놓았지만 엄마의 마음이 얼마나 단단한지 나는 잘 안다. 엄마는 자신의 생각이 옳다고 굳게 믿고 있다. 나를 위해 올바른 걸 가르쳐야겠다는 사명감도 굳건하다. 그러나 사람이 무언가를 좋아하는데 옳은 게 어디 있나? 엄마는 내가 허영심에 시달리고 있다는 편견으로 나를 볼 뿐이다. 그것이 문제다. 내 사랑을, 내가 무언가에 꽂히는 것을 엄마는 이해하지 못한다. 그런 버릇은 나쁜 버릇이니 엄마로서 고쳐 줘야 한다는 과도한 책임감에만 빠져 있다.

답답하다. 나는 나다. 내가 애정하는 물건을 내가 살 자유도 없나? 뭐든지 엄마가 가르쳐야만 하나? 인생에 한 가지 길만 있고,

한 가지 정답만 있나? 열다섯이면, 옛날 같으면 시집도 갔다. 충분히 내 머리로, 내 심장으로 판단할 수 있는 나이다. 그 결정이 잘못된 거라면 또 어떤가? 그걸 내가 직접 겪고, 거기서 직접 배우면 안 되나? 어른들은 그렇게 옳은 것만 하면서 사나? 아, 답답해.

하도 답답한 마음에 인터넷에서 '엄마와의 싸움 명품'이란 검색어를 넣어 본다.

친구들이 다 브랜드 옷 입고 다니는데, 집안 형편이 안 되어 사 달랄 수도 없고, 그러다 못 참고 사 달랬더니 엄마는 안 된다고만 한다는 고민에, '명품을 밝히는 것은 마음의 빈곳을 메꾸기 위해 그러는 것이니 내면을 채우라'는 등의 개소리만 잔뜩 댓글로 달려 있다.

나는 주변 친구들 아무도 비싼 브랜드 옷 입고 다니지 않는다. 내가 입고 다니면 알아주지도 않을뿐더러 가격을 알면 다들 미쳤다고 할 거다. 나는 오직 그 옷을 사랑하게 되어 원할 뿐이다. 이런 마음을 말할 곳이 아무 데도 없다니 화가 나고 갑갑하다.

눈앞에 사파이어가 어른거린다. 잘 빠진 라인, 세련된 물 빠짐, 내 엉덩이 라인을 쑥 올려 주게 가장 효과적인 위치에 달려 있는 뒤 포켓…… 나는 누운 채 공상에 빠진다. 어렸을 때 많이 하던 공상이다. 패턴은 정해져 있고, 내가 꽂힌 물건과 사례금만 바뀐다. 큭큭.

내가 길을 걸어가고 있다. 어떤 외국인이 길을 물어본다. 나는 친절하게 길을 안내해 준다. 그런데 알고 보니 그 사람이 엄청난 부자였다. 그 사람은 내 친절에 감동했다며 내게 백만 원을 준다. 나는 그 길로 캘빈 스미스 매장으로 달려가 나의 사랑하는 사파이어를 산다. 사는 김에 하얀 면 티도 하나 더 산다. 돈이 백만 원이나 있으니까. 킬킬.

그러나 이 정도 공상으로는 부족했다. 이제 나는 열 살짜리가 아니니까. 좀 더 실감나는 공상이 필요하다. 나는 일어나 컴퓨터 앞으로 간다. 내 나이에 맞는 공상을 지어내 본다.

"뭐야? 이런 사람들을 데리고 어떻게 광고를 찍으란 말이야? 다들 보내 버려!"

캘빈 스미스의 광고를 만드는 K는 버럭 소리를 지르며 거리로 뛰쳐나갔다. 조감독이 데려온 여자들은 얼핏 보기엔 쭉쭉 잘 빠진 듯 보였지만 K가 찾고 있는 아우라를 지니고 있지 못했다. 그들은 하나같이 똑같아 보였다. 평범하지만 평범하지 않은 일반인, K가 찾고 있는 것은 바로 그런 소녀였다.

K는 거리를 지나는 수많은 여성들을 살펴보았다. 광고 제작 마감이 코앞인데, 찍을 모델이 없다니 초조해서 미칠 것만 같았다. 잘 빠

진 연예인이나 모델은 수없이 많았지만 그런 광고는 흔해빠졌다. 사람들은 직업적인 모델을 보면 자기와는 이질적인 먼 나라의 사람으로 여길 뿐이다.

그때였다. K의 눈에 한 소녀가 들어왔다. 바로 캘빈 스미스 매장 앞에서 넋을 잃고 마네킹이 입은 청바지를 바라보고 있는 한 소녀.

얼핏 그녀는 평범해 보였지만 K만은 그녀의 가치를 알아볼 수 있었다. K는 정신없이 달려가 그녀의 등을 쳤다.

"학생!"

그녀는, 캘빈 스미스의 청바지를 사고 싶어 돈을 모았으나, 어머니의 비협조로 그것을 사지 못해 절망에 빠져있던 소녀, 바로 M이었다!

그로부터 이루어진 일은 그 이후 오랫동안 그 소녀가 다니는 학교의 전설이 되었다.

K는 그 소녀, M의 부모를 찾아갔다. 그 부모는 딸이 너무 일찍 얼굴이 알려지는 게 불안하다며 뒷모습만 찍을 것을 요구했다. K는 선선히 응했다. 청바지의 핵심은 뒤태였으니 굳이 얼굴까지 찍지는 않아도 되었다.

캘빈 스미스의 청바지를 입고 군중 속을 걸어가다 고개를 돌리는 순간 컷 되는 그 광고는 인기를 끌어서 즉시 매출이 20프로나 급증

했다. 그러나 M은 부모의 반대로 더 이상 광고모델로 활동하지는 않았다. 그녀도 그것을 원했다. 광고 모델은 그녀의 꿈이 아니었다.

상당한 액수의 출연료와 캘빈 스미스 매장에서 매 시즌마다 나오는 청바지를 평생 마음대로 골라가질 수 있는 특혜가 M에게 주어졌다. 그녀에게 그보다 더 환상적인 선물은 없었다. 그녀는 출연료의 반을 잘라 부모님께 드렸다. 엄마는 미안해서 차마 받을 수 없다며 사양했지만 아빠가 씽긋 웃으며 얼른 손을 내밀어 받았다.

"고맙다, 우리 딸!"

그 일이 계기가 되어 M은 의상 코디네이터가 되었다. 방송국 최연소 코디네이터였고, 특별한 배려로 방과 후에만 일해도 되었다. 학교는 졸업해야 했으니까. 그것은 그녀가 가장 하고 싶어 하던 일이었다. 텔레비전에서만 보던 멋진 연예인들에게 마음껏 옷을 입히는 놀이라니!

M의 인기는 치솟아 연예인들이 줄을 섰다. 친구들은 자신이 좋아하는 연예인의 사인을 받아달라고 줄을 섰다. M은 연예인들에게 멋진 옷을 갈아입히며 신나게 일했다. 날마다 축제였다. 이 모든 일은 알고 보면 캘빈 스미스의 청바지로부터 시작된 셈이다. 그녀의 일화가 널리 퍼지면서 그녀가 그 청바지에 붙여준 이름 '사파이어'도 함께 알려졌다. '사파이어'는 날개 돋힌 듯이 팔렸고, 그녀가 다니는 학교의 모든 학생들이 남녀불문하고 그 청바지를 사 입었다. 선생님도

사 입고, 학부형들도 사 입고, 마침내 교장 선생님까지 사파이어를
입게 되자 사파이어는 그 학교의 교복으로 지정되게 되었다.

"우하하하!"

써 놓은 걸 혼자 읽고 있자니 웃긴다. 조금은 속이 시원해졌지
만 그렇다고 달라질 건 없다. 내 손에는 사파이어가 없으니까, 내
가 사파이어를 입을 희망도 점점 사라지고 있으니까, 그것이 현실
이니까. 나는 컴퓨터를 끈다.

생일날 아침이 되었다. 엄마는 미역국을 끓여 놓고 나를 깨운
다. 나는 엄마랑 부딪히기 싫어서 더 자고 싶다며 일어나지 않는
다. 학교에 늦지 않게만 일어난 나는 미역국은 쳐다보지도 않고
집을 나간다. 엄마 역시 아무런 말이 없다. 엄마의 마음이 변할 거
라곤 기대하지 않았기에 서운할 것도 없다. 그냥 슬플 따름이다.

야자까지 하루 종일 괴로운 하루였다. 13만 3천원을 무슨 수로
더 모은담, 한숨만 나온다. 매장 주인한테 지금 있는 돈을 주고 남
은 돈을 모을 때까지 사파이어를 맡아달라고 할까, 친구들에게 만
원씩 13명에게 빌릴까, 별별 생각을 다해 본다. 모든 것이 실현 가
능성이 거의 없다. 그냥 포기해야겠지, 생각을 하는데 가슴 한 구
석이 얼얼하게 아파온다. 집에 가서 엄마 얼굴을 볼 자신도 없다.

엄마가 미우니까. 엄마를 보면 또 싸우게 될 것 같으니까.

　그러나 막상 집에 돌아왔을 때 아무도 없는 것을 보자 나는 뒤통수를 맞은 것처럼 어이가 없었다. 오늘은 내 생일인데! 탁자 위에 또 그놈의 편지가 놓여 있다.

　민하야, 미안해. 아는 사람 초상이 생겨서 엄마랑 아빠가 급히 나가게 됐구나. 정말 미안하다. 미역국 꼭 덥혀 먹어. 생일 선물은 방에 갖다 놓았으니 뜯어봐. 네 마음에 들 거라 믿어.

　내 마음에 들 거라 믿는다고? 혹시나? 절대 그럴 리가 없을 거라고 생각하면서도 갑자기 가슴이 뛴다. 기대 반, 두려움 반의 마음으로 나는 내 방으로 달려간다.

　불을 켠 순간, 나는 내 눈을 믿을 수가 없었다. 캘빈 스미스의 쇼핑백이 놓여 있다. 나는 눈물이 날 것만 같다. 아, 엄마, 우리 엄마. 엄마를 죽어라 욕한 게 미안했다.

　쇼핑백 옆에는 생일 카드가 놓여 있다. 나는 쿵덕거리는 가슴을 진정시키기 위해, 기쁨의 순간을 조금 더 미루어 맛보기 위해 청바지가 아닌, 축하 카드부터 펼친다.

　민하야, 생일 축하해. 엄마 딸로 태어나줘서 정말 고맙다.

지난번 일로 속이 많이 상했지? 엄마도 마음이 안 좋아서 정말 많은 고민을 했다. 그래서 어제 그 매장을 다시 찾아갔단다. 다시 한 번 그 청바지를 보고 마음을 결정하려고 말이야. 그런데 하늘이 우리를 도왔나 봐. 재고정리 청바지 몇 벌을 80프로 세일로 파는데, 네가 골랐던 바지랑 거의 비슷한 게 있더라고. 얼마나 기뻤는지 몰라. 정말 비슷해. 그런데 값은 80프로가 싸! 그래서 당장 사 왔단다. 사이즈도 딱 네 사이즈고.

아침에 말하고 싶은 걸 참느라고 혼났지. 저녁에 깜짝 놀래키며 주려고 했는데 이렇게 나가야 하니 속상하네. 그래도 네가 기뻐할 걸 생각하니 즐겁기만 하다.

잘 어울릴 거야. 다시 한 번 생일 축하해, 우리 딸.

나는 얼른 쇼핑백을 엎어서 청바지를 꺼낸다. 불길했다.

그럼 그렇지.

그럴 줄 알았지만 온몸에서 힘이 싹 빠져나간다. 엄마 눈엔 이 청바지가 나의 사파이어와 비슷하게, 거의 같게 보였겠지. 주머니 디자인 비슷하고, 색깔 비슷하니까.

화가 치밀고, 슬퍼서 청바지를 벽에다 내던지고 싶지만 던질 기운조차 없다. 이건 마치 내가 사랑하는 사람 대신 그 사람의 형제나 얼굴 비슷한 친구를 데려온 거나 마찬가지다. 엄마가 그것을 알 리 없다. 엄마에겐 이 옷이 거의 똑같은 옷일 거다. 내가 기뻐할 거라 생각하고 신나게 돈을 치렀을 엄마를 생각하니 오히려 가엾은 생각이 들 지경이다.

엄마는 내가 사라지고 없으면 어디서 나 비슷하게 생긴, 사치안 부리는 여자애 하나 데려와 대신 딸로 삼으면 되겠지. 그런데 미안하지만 나는 그게 안 되거든. 내가 그 청바지, 나의 사파이어에게 가졌던 마음은 허영이 아니라고. 그건 다른 감정이야. 엄마가 알는가 모르지만 그건 사랑이라고, 사랑.

가슴은 부글거리지만 나는 그 말을 뱉을 데가 없다. 엄마를 흉내 내서 편지 따위는 결코 쓰고 싶지 않다.

결국 엄마는 평생 내 마음을 알지 못할 거다. 얼른 어른이 되고 싶다. 어른이 되어 내 손으로 돈을 벌어 내가 좋아하는 물건만 내 마음대로 사며 살고 싶다. 다시금 어린 날, 하양이를 갖지 못했던 아픔이 되살아난다. 그리고 또박또박 걸어가 나를 떠나간 까망이도 떠오른다.

나는 엄마가 사다준 캘빈 스미스 청바지를 그대로 쇼핑백에 도로 넣어 식탁 위에 갖다놓는다, 정들기 전에. 잘못하면 또 까망이에게 가졌던 죄의식을 얘한테도 가지게 될지 모르니까.

잘 가라, 미안하지만 나는 사랑하는 애가 있단다. 네가 못나서가 아니야. 나는 이미 사랑에 빠졌으니까 다른 애는 눈에 들어오지 않지. 다른 사람에게 가서 사랑받고 잘 살기를.

　내 방으로 다시 들어오니, 코코가 보인다. 청바지를 입고 있는 코코, 사파이어를 보고 와서 만들어준 저 바지.

　나는 코코를 집어 들고, 바지를 쓰다듬으며, 그 바지가 사파이어인 것처럼 작별인사를 보낸다. 아무래도 너와는 헤어져야 할 모양이야. 나는 힘이 없구나. 너를 정말 사랑했는데. 잘 가라, 사파이어야.

　차마 다른 사람에게 가서 사랑받고 잘 살라는 말까지는 해 줄 수 없다. 마음이 아프지만 이제는 눈물도 나오지 않는다. 차라리 펑펑 울면 시원할 텐데 그냥 가슴 속 한 귀퉁이에 구멍이 난 듯 썰렁하기만 하다. 자란다는 건 이런 걸까. 슬프면 눈물 대신 가슴에 바람구멍이 나는 것?

　청바지에도 다리가 달려 있으니, 사파이어가 슬며시 일어서서 혼자 멀리 멀리 걸어가는 모습이 보이는 것만 같다. 슬프고 슬픈 뒷모습이었다.

<작가의 말>

이 글은 매우 편파적이에요. 오직 민하의 입장에서만 썼거든요. 민하 엄마의 입장에서 쓴다면 전혀 다른 글이 나왔겠지요. 나도 나이 많은 어른이지만 이 글에서 나는 민하였으니, 오직 민하의 마음밖에 알 수 없었어요. 그랬더니 참 슬프고 쓸쓸하네요. 아이들 키울 때 나야말로 민하 엄마 같은 사람이었는데…… 많이 늦었지만 내 딸들에게 미안한 마음을 전합니다.

써 놓고 보니 이 이야기는 사랑 이야기이기도 하네요. 겉으로는, 비싼 청바지를 둘러싼 갈등을 얘기하고 있지만요. 그렇게 읽어 주신다면 정말 기쁠 거예요.

저주의 책

너는 아무리 잘난 척 해도 소용없다.
너에게는 미래가 없다.
너의 남은 인생은 시궁창, 블랙홀,
콜타르처럼 찐득거리는
더러운 오물이 흐르는 강일 것이다.
잊지 말아라, 그 사실을, 한순간도.

 공책을 펼치면 첫 장에 적혀 있는 말이다. 검은색 표지에는 은
색 글씨가 빛나고 있다.

 저주의 책.

고등학생인 지금의 눈으로 보면 솔직히 좀 유치해 보인다. 하지만 지금도 나는 가끔씩, 그러니까 내가 나에게 퍼부어진 저주를 잊고, 조금이라도 파르스름한 희망을 품을 때마다, 이 공책을 펼치고, 내 자신에 대한 저주를 새로이 퍼붓곤 한다. 저주의 힘으로 살아가는 나, 온통 저주 받은 존재인 나, 그런 내가 고작 '나의 콤플렉스'라는 시시한 작문 숙제 하나로 끙끙 앓고 있다니.

지난주에 작문 선생님이 말했다.

"이번 작문 숙제 제목은 '나의 콤플렉스'다. 자기 자신에게 가장 문제가 되는 콤플렉스를 쓴다. 가장 깊은 상처를 써도 좋다. 분량은 A4 두 장 이상. 나와서 발표할 거니까 거짓말이나 장난으로 써 오는 일은 없도록."

그냥 글로 써내는 것만이 아니라 발표까지 해야 하는 숙제다. 아이들은 우우, 소리를 질렀지만 딱히 불만인 것 같지는 않았다. 일단 쓸 게 많잖아, 뒷자리의 기철이 말하자 아이들 몇이, 맞아, 맞아, 하며 킥킥 웃었다. 나는 웃을 수 없었다. 큰 돌덩이 하나가 가슴에 얹어진 것만 같았다. 일주일 내내 끙끙거렸지만 결국 숙제를 하지 못했다. 작문 시간은 내일로 다가왔는데 숙제는 가슴속에서 암 덩어리처럼 자라났을 뿐이다. 컴퓨터 앞에 앉은 채 몇 시간째인가. 머릿속은 그저 하얗기만 하다.

나는 얼굴이 검다. 그것이 나의 콤플렉스다.

간신히 한 줄을 써놓고 보니 내 눈에도 가증스럽다. 내가 이렇게 말하면 아이들이 얼마나 비웃는 표정을 지을지 눈에 선하다. 거품을 물고 쓰러져 버둥대는 내 모습을, 저절로 인상을 찡그리게 하는 내 몸의 냄새를 너무도 잘 알고 있는 그 애들 앞에서 내가 도대체 무얼 콤플렉스라고 내밀며 시치미를 뗄 수 있을까. 그렇다고 애들이 다 알고 있는 내 몸의 저주를 그 애들 앞에서 다시 강조할 자신은 더더욱 없다. 아이들이 모두 그걸 알고 있다 할지라도 그것만은 할 수 없다.

'저주의 책'을 처음 만들던 날이 떠오른다. 중학교 2학년 초여름의 어느 체육시간이었다. 뇌전증, 내가 그런 끔찍한 병에 걸렸다는 건 이미 초등학교 6학년 때 알았다. 그래도 그때까지 학교에서 발작을 일으킨 적은 없었다. 그래서 내 병을 아는 건 부모와 담임뿐이었다. 갑자기 길에서 쓰러진 나를 발견했던 익명의 사람들을 제외한다면.

그런데 그날, 처음으로 나는 친구들 앞에서 쓰러져 자신은 기억도 할 수 없는 퍼포먼스를 적나라하게 펼쳐 냈다. 의식이 돌아왔을 때 내 눈동자에 박힌 것은 나를 내려다보는 무수한 눈동자였다. 공포와 혐오로 가득 찬 아이들의 눈동자. 그것은 바로 전까지 나를 대하던 다정한 눈길이 아니었다. 그것은 미친개를 보는 눈길이었다. 나한테 반했다면서 하도 쫓아다녀 그 무렵 사귀기 시작했던 호준의 놀란 눈동자도 그 속에 끼어 있었다. 다른 아이들의 눈길과 다르지 않았다. 단지 더 크게 놀랐을 뿐.

나는 그길로 눈물범벅이 되어 집으로 돌아왔고, 그리고 여전히 눈물을 철철 흘리면서 공책에 저 말을 써넣었고, 검은 종이로 표지도 싸고, 제목까지 붙여 '저주의 책'을 만들었다. 그러면서 몇 번이고 다짐했다. 다시는 울지 않으리라. 저 글은 나에 대한 맹세였다. 절대로 자신에 대해 희망을 품지 않으리라는, 미래를 기대하지도 않으리라는.

나는 그날부터 세상에 벽을 쌓고 나만의 방으로 들어갔다. 꼬박꼬박 학교에 다녔지만 방에서 교실까지 이르는 그 길에는 보이지 않는 투명 터널이 세워져 있었다. 나는 그 터널을 통해 내 방에서 교실의 내 자리로 갔다가 다시 내 방으로 돌아오는 일만을 시계추처럼 반복했다. 아이들도 내 곁에 오지 않았다. 나는 어느새 유명 인사가 되어 있었다. 투명 터널 속을 홀로 지나며 등교하거나 하교하는 나를 아이들은 힐끗거렸다. 그러면서 자기들끼리 수군댔다. 그런 장면들은 서서히 굳은살이 되어 나중에는 상처조차 되지 않았다.

어디선가 희망이라는 것이, 미래에 대한 나의 상상력을 비집고 모락모락 피어오를 때면 나는 고개를 흔들며 저 글을 떠올렸다.

너는 아무리 잘난 척 해도 소용없다.
너에게는 미래가 없다.
너의 남은 인생은 시궁창, 블랙홀,
콜타르처럼 찐득거리는
더러운 오물이 흐르는 강일 것이다.
잊지 말아라, 그 사실을, 한순간도.

겨우 중2 때, 나는 어떻게 내게 가장 두려운 것이 희망이라는 것을 알았을까. 내가 끝없이 희망을 품으리라는 것을, 그러니 그런 것이 솟아나올 때 가차 없이 떡잎부터 잘라내야 한다는 것을 어떻게 그때 벌써 알았을까. 그것은 내 마지막 남은 자존심이었고, 마지막으로 불러낸 오기였다.

고2에 올라올 무렵부터 내 몸에서는 악취까지 나기 시작했다. 전철이나 버스에서 옆에 섰던 사람이 인상을 찡그리며 자리를 옮기는 장면을 자주 보게 되고, 짝이 된 아이들이 하루 이틀을 못 넘

기고 자리를 바꾸고(아마도 담임한테 하소연했을 것이다), 그 탓인지는 알 수 없어도 아침에 오는 순서대로 자리를 정하는 방식이 실행되었고(어쩌면 담임은 차마 나한테 가슴 아픈 말을 대놓고 할 수가 없어서 그런 방법을 생각해 낸 것일까.), 마침내는 짝이 없이 혼자 앉게 되는 상황이 왔다. 나는 올 것이 왔다는 것을 알았다. 사춘기에 이르면 이 병은 액취증을 동반할 수 있다는 얘기를 이미 들어 알고 있었다. 그렇지만 그 비극만은 나를 비껴가길 간절히 바랐다. 그때까지 받은 천형만으로도 나는 간신히 버티는 거였으니.

어느 날, 엄마에게 물었다.

"엄마, 내 몸에서 역겨운 냄새나지?"

엄마는 당황한 얼굴로 나를 보았다. 그래, 엄마한테야 내 냄새가 역겹지는 않겠지, 나는 다시 질문을 수정하여 물었다.

"나쁜 냄새 나잖아, 그치?"

엄마는 응, 하고 대답했다. 흐흐, 나는 웃었다.

"어느 정도야?"

엄마는 대답하지 않았다. 아니, 대답하지 못했다. 그래서 나는 내 냄새가 지독하다는 것을 알았다. 내 코는 내 몸의 냄새를 맡지 못했다. 이미 길이 든 것이었다.

그날도 나는 저주의 책에 적었다.

너는 이제 시궁창도 모자라 똥통에 처박혔다.

팔이 수 백 개가 있는 신일지라도

너를 이곳에서 건져내지는 못하리라.

저주 받은 영혼이다, 너는.

잊지 말아라, 그 사실을. 한순간도.

　다빈이 다가왔을 때도 내 온몸에서는 경계경보가 울렸다. 그 무렵 우리 반은 월요일마다 자리를 바꾸었다. 일찍 오는 순서대로 마음대로 짝을 정해 앉고, 일주일 뒤 다시 자리를 바꾸는 식이었다. 나는 월요일이면 누구보다도 일찍 학교에 가서 4분단 맨 뒤 구석 자리를 내 자리로 잡았다. 늦게 왔다가 자리가 없어 누군가의 옆에 가서 앉게 되는 일만은 피하고 싶었다. 똥 씹는 표정을 지을 게 분명한 누군가를 보는 일은 결코 유쾌하지 않을 테니까.

　그랬는데 다빈이 다가와 "앉아도 되지?"하고 묻더니 대답도 듣지 않고 옆자리에 앉았다. 반 아이들이 모두 다정한 바퀴벌레 한 쌍들처럼 짝을 지어 앉아 있을 때, 나 혼자 옆에 빈 의자를 두고 앉는 것에 얼굴이 붉어지는 일 따위는 진즉에 사라졌을 무렵이었다. 이제는 혼자 앉는 게 당연했고, 아무런 기대도 없었고, 그래서 외려 편했다. 그런데 다빈이 내 옆에 앉았다. 아이들이 우리 자리를 힐끔거리는 게 느껴졌다.

이건 뭐지, 얘는 왜 갑자기 내 옆에 앉는 거지, 동정인가, 착한 척 하는 건가?

온갖 생각이 나를 괴롭혀 나는 종일 수업에 집중할 수 없었다. 내가 워낙 인상을 찌푸린 채 외면해서인지 그 애도 굳이 내게 말을 걸지 않았다.

종례가 끝나자마자 재빨리 가방을 메고 나서는 나를 다빈이 불렀다.

"규리야!"

내가 말없이 돌아보자 다빈은 쑥스러운 듯 미소를 지으며 말했다.

"우리 집 이사했는데, 너랑 같은 아파트야. 저번에 너 봤어."

나는 대꾸도 없이 돌아서서 혼자 집으로 달려갔다. 다빈이 나를 붙잡기라도 할까봐 겁이 난 사람처럼. 그래도 의문 하나는 풀렸다. 같은 아파트로 이사 와서 내 옆에 앉았나 보구나. 그렇더라도 내 모든 걸 다 알면서 냄새까지 나는 내 옆에 왜 앉을 생각을 했을까?

나는 그날도 '저주의 책'에 저주를 적어 넣었다.

너를 이용해 자신을 천사로 만들려는 자를 경계하라.

어떤 천사도 너의 악취는 견뎌내지 못한다.

너는 악취를 뿜어내는 수렁이다.

네 옆에 오는 것들은 다 추악하고, 더러워진다.

저주 받은 영혼이다, 너는.

잊지 말아라, 그 사실을. 한순간도.

　다음 날 급식을 먹으러 갔을 때도 다빈은 멀찌감치 떨어져 앉은 내 앞에 와서 물었다.

　"앉아도 돼?"

　내가 대꾸하지 않자 다빈은 자리에 앉았다. 우리는 말없이 밥을 먹었다. 나는 밥이 코로 들어가는지 입으로 들어가는지 알 수 없었다. 신경을 거스르는 것은 단지 다빈만이 아니었다. 그 애가 나에게 다가와 밥 먹는 모습에 식당에 있는 모든 아이들의 눈길이 표창처럼 날아와 박혔다. 밥도 다 먹지 않은 채 나는 식판을 들고 일어섰다. 그 애가 당황하여 나를 올려다보았지만 나는 돌아서 가버렸다.

　그날도 종례가 끝나자 바삐 달려 나가는 나를 다빈은 소리치며 쫓아왔다.

　"규리야! 같이 가!"

　내 얼굴이 새빨개졌다. 누가 봐도 우스운 광경이었다. 전교생이다 아는 왕따인 나를 멀쩡한 다빈이 쫓아오고 있었으니. 나는 화가 치밀어서 걸음을 멈추고 기다렸다. 벌써 아이들의 눈길이 느껴졌다. 다빈에게 뭐라고 퍼붓고 싶었지만 아이들의 구경거리가 되기 싫어 나는 천천히 걸어 학교를 나섰다. 다빈은 말없이 함께 걸었다. 교문을 빠져나가 둘만 있게 되었을 때, 나는 그 애를 보며 말했다.

"대체 왜 이러는데?"

"뭘?"

내 까칠한 질문에 그 애는 천진스런 얼굴로 물었다.

"넌 코도 없니? 내 악취가 안 맡아져?"

나는 일부러 돌직구를 날렸다. 그러자 다빈은 배시시 웃으며 말했다.

"난 축농증이라 냄새 잘 못 맡아."

나는 어이가 없어 그만 피식, 웃고 말았다. 다빈은 그 틈을 얼른 비집고 들어왔다.

"그러니까 난 아무렇지도 않아. 규리야, 집에 같이 가자."

나는 다시 웃음을 거두었다.

"정다빈, 잘 들어! 네가 이러면 내가 껌뻑 죽으며 감동의 눈물이라도 흘릴 줄 알았니?"

내 말에 다빈의 얼굴이 붉어졌다.

"규리야, 그런 게 아니란 거 잘 알잖아? 그냥 나는 집도 근처고 하니까……."

"그래? 그러면 분명히 말해 줄게. 나는 혼자 가고 싶어. 자리도 혼자 앉는 게 좋아. 다음번에 자리 바꿀 때는 다른 자리로 가 줬으면 좋겠어."

그렇게 집에 온 나는 저주의 책에 다시 저주를 덧붙여 써넣었다.

저주 받은 영혼은 저주 받은 영혼답게 처신하라.
그 누구에게도 너의 어깨를 내주지 말라.
너 역시 그 누구의 어깨에도 기대지 말라.
그 어깨는 반드시 떠나간다.
그때 너는 처참하게 쓰러지고 말 것이니.
저주 받은 영혼이다, 너는.
잊지 말아라, 그 사실을. 한순간도.

일주일 뒤 자리를 바꿀 때까지 우리는 말 한 마디 나누지 않은 채 학교생활을 했다. 급식을 먹을 때도 나는 다시 구석 자리에 홀로 앉아 먹었다. 편했다. 쓸쓸하지 않았다. 다빈이 내 곁에 다가올 때마다 아이들의 눈길도 같이 몰려오는 것을 나는 견딜 수 없었던 것이다. 나는 투명 터널 속에서 보호받고 싶었다. 내 자신까지 투

88

명 인간이 된 듯.

그리고 다음 주 월요일, 다빈은 다른 아이의 옆자리로 가서 앉았고, 내 옆 자리는 늘 그랬듯 빈 채로 남았다. 나는 겨우 나의 평화를 되찾았다. 그러나 그날 집에 가서 가방을 푸는데 다빈이 집어넣은 편지가 나왔다.

규리야, 너와 이 사람들은 공통점이 있어. 도스토옙스키, 쇼팽, 고흐, 바이런, 차이코프스키, 애드거 앨런 포, 루이스 캐럴, 플로베르, 알렉산더 대왕, 시저, 나폴레옹, 피터 대제, 성 바오로, 노벨, 피타고라스, 소크라테스…… 놀랍지? 너를 좋아하는 내 마음이 찾아낸 사람들이야. 너는 또 화를 낼지도 모르지만 너한테 꼭 말해 주고 싶었어. 안녕.

이 사람들이 다 나와 같은 병을 앓았나? 놀랍긴 했다. 도스토옙스키 정도는 알고 있었지만. 그래도 나는 기분이 나빴다. 재수 없는 년, 나는 그렇게 말하며 그 애의 편지를 쫙쫙 찢어 쓰레기통에 던져 버렸다. 내 평화는 비로소 완전해졌다.

나는 작문 숙제를 포기했다. 한 줄 써놓은 것도 삭제키를 눌러 지워 버렸다. 컴퓨터를 끄고, 자리에 누웠다. 지금껏 십일 년째 학교를 다니고 있지만 나는 숙제를 안 해 간 적이 한 번도 없었다. 내가 보통의 학생이었을 때는 보통의 학생이라 그랬고, 아픈 뒤에는 오기로 더 그랬다. 내게 모든 게 무의미하기 때문에 오히려 나는 악착같이 성실한 학생의 일과를 수행하려 애썼다. 더 이상 눈에 띄고 싶지 않아서 그러기도 했다. 이미 나는 충분히 눈에 띄는 존재였다. 무엇이든 지적 받는 일은 피하고 싶었다. 그런데 내일 나는 어떤 식으로든 주목 받게 되어 있었다. 숙제를 해 가면 해 간 대로, 못 해 가면 못 해 간 대로 아이들은 내 속의 갈등을 제 맘대로 짐작해 뒷말들을 할 것이다. 그 생각을 하니 짜증이 울컥 치밀었다. 거기다 다른 아이들의 그 해맑고, 건강한 콤플렉스들을 아무렇지도 않은 척 들으며 앉아 있을 생각을 하니 몸서리가 쳐졌다. 나는 억지로 눈을 붙였다. 내일 생각하자, 모든 건 내일 생각하자.

아침이 오자 나는 도살장에 끌려가는 마음으로 집을 나섰다. 늘 걷던 골목길, 늘 보던 시장통, 늘 보던 거리의 자동차들…… 모든 것이 무의미하고 지루해 보였다. 음울한 음악이 흐르는 영화 속 장면이나 흑백사진으로 찍은 몇 십 년 전 도시 풍경을 보는 것만 같았다.

전철에 올랐다. 난 늘 그래왔듯 사람들이 없는 쪽에 기대어 섰다. 누군가 내 옆에 서면 다시 자리를 슬며시 옮겼다. 늘 그래왔듯.

전철은 곧 지하를 빠져나가 한강 다리 위로 올라섰다. 다리 밑으로 보이는 한강은 흐린 날씨 탓에 우울한 회색이었다. 나는 물끄러미 한강을 내려다보았다. 오리 몇 마리가 둥둥 떠다니는 모습이 보였다. 학교에 가기 싫었다.

내가 무서워하는 건 하루쯤 학교에 안 가는 게 아니었다. 내가 무서워하는 건 이미 내 몸에서 소르르 빠져나가고 있는 '그 무엇'이 한꺼번에 주르르 빠져나가는 것이었다. 그게 무엇인지는 나도 정확히 몰랐다. 하지만 지금 막아내지 않으면 안 된다는 것만은 알았다. '그 무엇'이 다 빠져나가면 나는 세상의 어떤 것에도 흥미를 느끼지 못하게 되리라. 두려웠다. 그렇게 되면 살아도 산다고 할 수 있을까. 나는 그냥 무기력한 폐인으로서 방구석에서 썩어가겠지. 어쩌면 나는 '그 무엇'이 그렇게 한꺼번에 빠져나가는 걸 막기 위해서, 지금껏 악착같이 학교를 다니고, 악착같이 숙제도 해 갔는지 모른다. 무엇이든 하나라도 소홀히 하는 순간, 도미노 게임처럼 차례로 모든 게 무너져 버릴지도 모른다는 두려움 때문에. 그러나 그런 두려움조차도 오늘 학교에 가기 싫은 마음을 누르지는 못했다. 작문 시간을 견뎌낸다는 게 내게는 고문과도 같았다.

다리를 건너자 나는 전철에서 내렸다. 학교까지 가려면 네 정거장을 더 가야 했지만 나는 반대편의 전철을 탔다. 어디로 가야할지 몰랐다. 투명 터널 밖으로 나서니 나는 수족관을 떠난 물고기처럼 어쩔 줄을 몰랐다. 지금쯤 집에는 아무도 없겠지. 갈 데가 없는 나는 집으로 돌아가기로 마음먹었다.

예상대로 집에는 정적만이 흐르고 있었다. 늘 머무르던 집이 새삼스레 낯설었다. 이런 마음은 처음이었다. 나는 가방도 집어던진 채 침대에 누웠다. 담임에게 문자를 보냈다. 몸이 안 좋아 결석한다고 썼다. 담임은 수업 중인지 답이 없었지만 뇌전증 환자인 나를 의심하지는 않을 것이다. 집으로 전화할까 봐 연락한 것은 아니었다. 이렇게라도 해 놓지 않으면 내가 영원히 학교로 돌아가지 않는 선택을 할까봐 겁이 나서 그런 것이었다. 나는 언제나 내 자신이 가장 두려웠다. 간신히 붙잡고 있는 이 삶의 밧줄을 아무렇지도 않게, 태연히 놓아 버릴까봐 늘 두려웠다. 문제가 될 건 없었다. 그냥 하루 푹 쉬고, 아무 일 없는 듯 학교로 돌아가면 작문 시간은 지나가고, 나는 다시 안전한 투명 터널 속에서 예전과 같은 생활을 할 수 있을 것이다.

그런데 어쩐지 그럴 수 없을 것 같은 불안감이 스멀스멀 피어올랐다. 자꾸 눈물이 치솟아서 나는 자리에서 일어났다. 울면 안된다. 나는 절대로 울지 않기로 내 자신에게 맹세했다. 울어선 안된다. 그러면 난 정말 불쌍한 인간이 되고 만다. 운명이 나를 불쌍한 인간으로 만들려고 기를 쓰고 덤빌지라도 내가 자신을 그렇게 내버려 두기는 싫었다. 내가 나를 저주할지언정 질질 짜는 불쌍한 인간이 되는 꼴을 어찌 본단 말인가? 그것만은 참을 수 없었다.

나는 책상에 앉아 '저주의 책'을 다시 펼쳤다. 그러나 더 이상 아무 말도 보태 쓸 수 없었다. 나는 가방에서 교과서를 빼고, '저주의 책'을 넣었다. 혹시 몰라서 세면도구도 챙겼다. 어디로 가겠다는 생각도 없었다. 일단 집을 빠져나가고 싶었을 뿐이다. 외출복으로 갈아입고, 묶었던 머리도 풀었다.

거울을 보니 어두운 표정의 한 여자가 서있었다. 사복을 입고 나가면 아무도 나를 여고생으로 보지 않았다. 입이 매운 것을 자랑으로 알던 담임이 던졌던 말도 떠올랐다.

"넌 어린 게 왜 그렇게 어둡니? 널 보고 있으면 네 옆의 공기까지 까맣게 물드는 것 같다니까."

물론 학년 초, 내가 아직 학교에서 퍼포먼스를 벌이기 이전의 일이었다. 담임은 우리 학교에 새로 온 사람이라 그때까지 아무것도 몰랐다. 일단 퍼포먼스를 벌이고 나면 누구도 나에게 대놓고 말하지는 못했다.

집을 나와 은행 입출금기에서 모아둔 돈 29만원을 찾았다. 내가 대체 무슨 짓을 하려는 건지 나도 알 수 없었다. 단지 숨이 막

했다. 어디든 가서 숨을 쉬고 오고 싶었다. 그러자 갑자기 바다가 떠올랐다. 바다에 가서 굽이치는 파도를 보고 오면 다시금 나의 투명 터널 속으로 들어갈 의욕이 생길지도 몰랐다.

식구들과 함께 갔던 강릉 바다가 생각났지만 아빠 차를 타고 갔으니 어떻게 가는지도 몰랐다. 핸드폰으로 '강릉 가는 법'을 검색해 보았다. 간단했다. 기차는 너무 오래 걸리니 터미널에 가서 고속버스를 타면 된다고 했다. 세 시간이 채 안 걸리는 거리였다. 돌아오는 버스도 늦게까지 있었다. 가족이랑 여행하는 것 말곤 방구석에만 처박혀 있던 내가 혼자 멀리 여행을 하려니 덜컥 겁이 났다. 그러면서도 무언가 오랫동안 느껴보지 못한 작은 흥분 같은 것이 전류처럼 온몸에 흐르기도 했다. 탈영병이나 탈옥수가 느끼는 감정이 이런 걸까.

평일 낮이어서인지 사람이 별로 없었다. 나는 뒤쪽 빈자리에 앉아 편안히 갈 수 있었다. 이어폰을 꽂고 음악을 들었다. 막상 버스에 몸을 실으니 오히려 마음이 편해졌고, 겁도 사라졌다. 뭐든 저지르고 나면 별 거 아냐, 하고 말했던 건 정학을 밥 먹듯이 당하던 중학교 때 우리 반 일진 미주였다. 올라오는 차표도 사 두었으니 든든했다.

시계를 보니 지금이 딱 작문 시간이었다. 아이들은 얼굴이 안 예쁘다든가, 키가 작다든가, 공부를 못 한다든가, 부모님이 이혼을 했다든가, 집이 어렵다든가, 그런 것들을 '나의 콤플렉스'라며 발표하고 있겠지. 아무렇지도 않았다. 내가 그 자리에 있지 않아도 된다는 사실만이 너무 좋았다. 별 거 아니었다. 이러면 되는 일이었다. 삶에는 때로 도망칠 수 있는 일도 있는 법이다. 모든 일을 무조건 맞서서 싸우고, 이겨야만 하는 것은 아니었다. 나는 상쾌했다. 내 앞에 무엇이 기다리고 있든 나는 내가 있기 싫은 시간과 공간에서 도망쳤다. 나는 혼자 중얼거렸다. 도망치는 건 비겁하다고 말하는 사람들은 평생 감옥 속에서나 썩으라지.

강릉에 내리니 오후 4시가 다 되었다. 버스를 탔다. 안목항 커피 거리로 갈 생각이었다. 그런데 아무도 나를 모르는 낯선 곳에 왔다는 생각에 내가 좀 해이해졌나 보았다. 서울에서라면 사람이 많은지 잘 살펴보고 탔을 텐데, 먼저 오는 버스에 무심코 올라버렸다. 빈자리가 없어서 나는 손잡이를 잡고 섰다.

얼마를 갔을까. 내 앞 의자에 앉은 아주머니가 나를 올려다보며 큰 소리로 말했다.

"이게 무슨 냄새야? 아이고, 지독하네."

얼굴이 확 달아올랐지만 나는 못 들은 척 창밖만 보며 서 있었다. 일행인 듯한 옆자리 아주머니가 얼른 대꾸했다.

"외국 사람인가? 외국 사람들은 저런 사람 많다잖아?"

아주머니들은 목소리까지 쩌렁쩌렁해서 다른 승객들도 나를 힐끔거리며 쳐다보았다.

"어휴, 저런 냄새 맡으면서 어떻게 살지? 난 머리가 다 지끈거리네."

"우리야 어림도 없지만 저 사람들끼리야 괜찮은가 보지."

그들은 정말로 나를 외국인이라고 생각했는지 거침없이 떠들어댔다. 나는 애써 태연한 표정을 지으며 서 있었다. 내 까무잡잡한 얼굴만 믿었다. 식은땀이 흘렀지만 버텼다. 그렇게 꿋꿋이 버텨 종점인 안목항에 내렸을 때는 그대로 바닥에 주저앉을 것만 같았다. 서울에서 그랬다면 아무 데서든 당장 내렸을 것이다. 아무렇지도 않게 힐끗거리며 말하던 그 뻔뻔스러운 아주머니들의 모습은 지나고 생각하니 조금 웃기기까지 했다. 냄새가 나는 건 사실이니까. 슬프기는 했지만 억울할 건 없었다.

바다에 도착하니 바람이 세서 그런지 파도가 거칠게 일었다. 나는 모래사장을 걸었다. 그런 수모를 겪었는데도 괜찮았다. 넓은 바다 앞에 서니, 그깟 일, 아무 것도 아닌 것처럼 여겨졌다. 일주일 동안 막혔던 숨구멍이 그제야 트이는 것 같았다. 높이 치솟았다 부서지는 파도, 하늘 위를 날아가는 우아한 갈매기, 발밑에 느껴지는 부드러운 모래, 끝없이 되풀이 되는 파도 소리, 해변을 따라 줄지어선 푸른 솔숲.

나는 한참 동안 가을 바다를 즐기며 걸었다. 그곳에는 들은 대로 예쁜 카페들이 많았다. 나는 무조건 가장 커다란 카페를 골라 들어갔다. 커피를 사들고 3층으로 올라가니 다행히도 텅 비어 있었다. 아무도 없는 공간에서 바다를 보며 커피를 마시니 모든 불행이 사라지는 것만 같았다. 심지어는 '행복하다'는, 나와는 어울리지 않는 생각마저 파도 일듯 일렁였다. 창밖에는 푸른 바다와 하얀 구름이 펼쳐져 있었다. 가을 바다라 한산했다. 세상은 내가 웅크려 있던 곳이 전부가 아니었다. 내가 오갔던 그 투명 터널, 터널 밖에서 나를 힐끔거리며 수군대던 아이들, 그것만이 세상의 전부는 아니었다. 그 깨달음은 꿈같았다. 아니, 나는 일부러 더 나를 그 감옥 속으로 집어넣지 않았던가. 어디서도 부서지기 싫었으니까. 그건 나를 지키는 방어의 행위였다. 그러나 이제 나는 지쳤다. 한편으론 그러는 동안 이렇게 투명 터널 밖에 나와서도 다치지 않을 수 있는 힘이 나도 모르게 길러졌는지도 모르겠다. 아까 아주머니들의 끔찍한 말에도 나는 치명상을 입지 않았다. 그것이 증거 아닐까? 나는 달라졌다. 예전 같았으면 다시금 자신에게 저주를 퍼부으며 죽고 싶은 충동을 간신히 달랬을 것이다.

그때였다. 익숙한 전조 현상이 찾아왔다. 귀에서 날카로운 소리가 울리고 가슴이 답답하고 온몸이 저려왔다. 나는 얼른 주위를 돌아보았다. 저쪽 구석에 큰 화분이 보였다. 몸이 가려질만한 곳이었다. 나는 얼른 그 자리로 갔다. 익숙한 암전이 곧 나를 덮쳤다.

눈을 떴다. 얼마나 시간이 갔는지 알 수 없었다. 그저 잠깐 눈을 감았다 뜬 것만 같았다. 그 사이에 3층까지 올라온 사람은 없었던 모양이다. 오랜만에 일어난 발작이었다. 내가 잠시라도 행복에 잠겼던 게 악마의 심사를 건드렸나? 그 꼴을 눈꼴 시려 못 보겠다는 듯 악마가 나를 다시 급습한 걸까.

습관처럼 입가의 침부터 닦아내곤 바닥에 누운 그대로 창밖의 하늘을 올려다보았다. 저물어가는 하늘빛이 아름다웠다. 그 하늘 위로 갈매기 몇 마리가 우아하게 날아갔다. 뇌전증은 듣기 좋게 부르는 이름일 뿐이었다. 내 병은 흔히 말하는 간질이었다. 증상 역시 과학적으로 설명하면 우아했다. 대뇌의 신경세포들이 갑작스럽고 무질서하게 과흥분되어 나타나는 신체 증상. 뇌의 특정부위에서 전기적 스파크가 일어나는 컴퓨터 그래픽 동영상은 꽃처럼 생긴 신경세포 여기저기에서 빨갛게 불이 깜빡거려 크리스마스트리처럼 아름다웠다.

하지만 실제의 발작은 무섭고 추했다. 별안간 의식을 잃고 쓰러지면서 온몸이 뻣뻣해지고 얼굴이 파랗게 된다. 호흡 곤란을 일으키며 눈동자와 고개가 한쪽으로 돌아간다. 잠시 후 팔 다리를 떨고, 입에 침과 거품을 물고, 소변이나 대변을 지리기도 한다. 더욱 무서운 것은 당사자가 자신이 한 행동을 전혀 기억하지 못한다는 사실이다. 내가 어떤 추한 모습을 보였는지 정작 나는 알지 못했다. 그저 일반적인 증세를 짐작할 뿐이다. 서양에서는 간질 환자가 발작을 일으키는 것을 악마와 대화하는 거라고 했다. 간질 환자는 악령의 저주를 받은 자, 악마의 하수인이라고 불렸다.

약을 먹는 탓인지 아직은 소변이나 대변을 지리지는 않았다. 그건 흔적이 남을 테니 알 수 있었다. 깨어나면 입가에 침 자국이 남아있긴 했다. 뜻하지 않은 곳에서 발작을 만났다 깰 때면 나는 둘러싼 사람들의 눈길을 피해 얼른 침부터 닦아냈다. 그리고 화난 사람처럼 말없이 그 자리를 뜨곤 했다. 다행히 오늘은 이런 안전한 공공장소에서, 구경꾼도 없이 그 의식을 치러냈다.

나는 누운 채 생각에 잠겼다. 오랫동안 피해왔던 질문들이었다. 내가 산다는 것은 무엇을 뜻할까, 악취를 풍기면서, 발작을 하면서 굳이 바득바득 살아야 할까. 나 같은 사람을 누가 사랑할 수 있을까? 그러니 결혼인들 할 수 있을까? 일반적인 직장에 취직도 어려울 것이다. 그렇다고 뾰쪽한 다른 재주도 없다. 얼굴이 예쁜 것도 아니고, 예술적 재능이 있는 것도 아니다. 그냥 사는 거, 숨 쉬고, 의미 없이 사는 거, 그걸 견뎌낼 수 있을까, 과연 내가?

계단에서 발소리가 들린다. 나는 얼른 몸을 일으켜 내 자리에 가서 앉았다. 아르바이트 학생인지 대학생처럼 보이는 여자가 올라와 전등불을 켜곤 내려간다.

　어느새 어둠이 내리기 시작했다. 바다가 저물어가는 모습은 매혹적이다. 아래를 내려다보니 항구에 정박해 있는 배들이 보인다. 바닷물 위에 일렁이는 불 켜진 배의 그림자가 신비로웠다. 불빛이 있으니 그곳에도 다른 세상이 있는 것 같았다. 기억할 수 없는 그 순간, 발작과 함께 떠나는 다른 세상은 어떤 곳일까, 그 시간 동안 내 영혼은 어디를 헤매고 다니는 걸까. 나는 잠시 다른 세상에라도 갔다 오는 걸까. 이 태양계가 아닌 안드로메다 성운의 어떤 별에라도?

　처음 저주의 책을 만들 무렵, 그때는 정말 죽고 싶다는 생각에 시달렸다. 그것은 모든 고통을 끝낼 수 있다는 달콤한 유혹이었다. 엄마 아빠도 걱정되고, 나 역시 그럴 용기도 없었지만 무엇보다도 내게는 그렇게 지기는 싫다는 오기가 있었다. 저 하늘의 어떤 존재가 나를 몰아가는 대로 몰리기 싫었다. 그가 몰아가는 대로 몰리다가 내 스스로 절벽에서 뛰어내리는 역할은 맡고 싶지 않았다. 그럴 줄 알았다며 껄껄 웃어 댈 그의 꼴을 보기 싫었다. 최악의 경우 그가 등을 떠밀어 절벽에서 떨어지는 한이 있더라도.

　그 시기가 지난 다음엔 그런 충동에 시달리지 않았다. 스스로 저주를 퍼부어서라도 내가 내 인생에 기대를 하지 않는다면 실망할 일도 없을 거라는 전략 덕을 본 것 같았다. '저주의 책'이 역설적으로 나를 살렸다고나 할까? 나는 새로운 저주를 써넣기 위해 '저주의 책'을 펼쳤다.

저주 받은 영혼도 바다에는 갈 수 있다.
힘들 때면 바다로 가라.
그의 어깨는 그 누구도 피하지 않으리니.
그의 어깨는 결코 사라지지도 않으리니.

나는 거기서 잠시 멈추었다. 언제나 후렴처럼 붙이던 말, '저주 받은 영혼이다, 너는. 잊지 말아라, 그 사실을. 한순간도.'를 이번에는 바꾸어 썼다.

저주 받은 영혼이다, 너는.
그러나 잊어도 좋다, 그 사실을. 한 순간쯤은.

그까짓 말 한 마디가 무엇일까? 그런데도 나는 내 자신에게 허용한 그 작은 여유에 코끝이 시큰했다. 나는 잊지 않을 것이다, 내가 저주 받은 존재라는 것을. 그러나 한 순간쯤은 잊기도 할 것이다, 내가 저주 받은 존재라는 것을.

어쩌면 그런 순간, 다빈의 옆자리에 내가 가서 앉을 수도 있지 않을까.

올라가는 버스는 7시 차였다. 나는 '저주의 책'을 가방에 넣고, 자리에서 일어났다.

<작가의 말>

　오래 전 여고 시절에 한 친구가 있었습니다. 얼굴에 어둠이 가득
한 그 친구는 늘 입을 꾹 다물고 혼자 다녔습니다. 다른 친구들이 따
돌렸다기 보다는 누구도 감히 그 친구 곁에 다가갈 수가 없었지요.
그 친구에게는 보이지 않는 유리벽이 둘러싸고 있는 것 같았어요.
　어느 날 그 친구가 수업 시간에 쓰러져 발작을 일으켰을 때, 모두
들 깜짝 놀랐지만 왜 그 친구의 얼굴이 그렇게 어두웠는지 단박에
알게 되었지요. 괜한 동정으로 보일까봐 나 역시 그 친구 곁에 다가
가지 못했습니다.
　자존심이 유난히 강한 인간이 비극적인 신체적 콤플렉스를 가질
때 그는 어떤 방법으로 자신의 존엄성을 지키려고 할까요? 멀리서
지켜볼 뿐이었지만 나는 그 친구에게서 자신의 존엄을 지키기 위해

이를 악물고 노력하는 어떤 강렬한 아우라를 느낄 수 있었습니다. 깔깔거리며 웃고 까부는 발랄한 여고생들 사이에서 그 친구가 풍기는 싸늘한 결기는 신비로움마저 느끼게 했지요. 그랬으니 몇 십 년이 지났는데도 내 가슴속에 그 친구의 기억이 이리 또렷한 거겠지요.

그러나 이 이야기가 그 친구의 이야기는 아닙니다. 오히려, 내가 만약 그랬다면 나는 어떻게 그 비극을 견뎌냈을까, 하는 마음으로 쓴 글에 가깝습니다. 나라면 꼭 이랬을 것 같거든요. 스스로를 저주하며, 어떤 기대도 품지 않게 경계하며, 마지막 남은 자존심을 지켜내려 몸부림을 쳤을 것만 같습니다. 글을 쓰는 내내 참 마음이 아팠습니다. 기억 속의 그 친구가 부디 행복한 삶을 누리고 있기를 빌어봅니다.

그가 떨어뜨린 것

허공으로 발을 내딛는 순간, 나는 후회했다.

K, 그 짧은 순간 내게 든 생각은 오직 한 가지였다. 단 몇 초 전으로만 시간을 돌리고 싶다는 것. 이미 저질러진 일, 그것도 절대 돌이킬 수 없는 일 앞에서 스스로를 물어뜯고 싶을 만큼 증오하게 되는 것. 그게 바로 후회겠지.

그래, K, 그 순간은 공포도, 고통도 들어설 여지가 없었다. 어쩌면 그 후회가 나를 살렸을까? 그 지극히 짧은 순간의 망설임이? 내 몸을 아파트 화단의 은행나무 가지 위에 잠시라도 걸리게 한 힘은 결국 그거였을까?

물론 그 나뭇가지들이 67킬로그램의 내 몸을 지탱해내지는 못했다. 그렇더라도 질주해 땅으로 떨어지던 내 몸은 멈칫했고, 무엇보다도 박살나면 끝장인 머리통이 아니라 부러져도 붙일 수 있는 다리가 먼저 땅에 닿았다. 내 두 다리는 다 부러졌지만 나는 목숨을 건졌다. K, 놀랐냐? 그게 바로 일주일 전의 일이다.

"형, 형은 여자 친구 있어요?"

"없어."

간병을 하던 부모들이 식사하러 밖으로 나가자, 늘 그랬듯이 옆 병상의 용진이 얼른 이어폰을 빼고 석호에게 물어대기 시작한다.

"고등학교 가면 선배들이 무섭다던데 형네 학교도 그래요?"

"그래."

"그럼 형네 학교에도 일진이 있겠네요?"

"있어."

석호가 아무리 무뚝뚝하게 잘라 대답해도 용진은 아랑곳하지 않는다. 석호에게는 어지간히 성가신 아이다. 작년 여름에 교통사고로 허리부터 골반, 다리까지 작살이 나서 지금 8개월째 입원중인 용진은 이런 저런 수술을 계속 받고 있지만 앞으로도 어떻게 될지 알 수 없는 상태다. 온몸을 단단한 석고 덩어리로 깁스를 하고 있어서 꼼짝도 못한 채 똥오줌까지 받아내는 형편이고, 반신불수가 될 확률도 크다고 한다. 그런데도 철이 없어서 그런지, 뭘 몰라서 그런지 용진은 늘 태평이다. 중3 때 사고를 당한 거라 용진의 친구들은 다 고등학생이 되었다. 그런 탓에 고3인 석호가 들어오자 고등학생의 삶에 대해 온갖 질문을 끝없이 퍼붓는 것이다. 가엾은 생각이 안 드는 건 아니지만 석호는 용진이 들러붙는 게 여간 귀찮지 않다. 만약 용진이 석호의 자살 시도 사실까지 알았다면 그 호기심은 몇 배로 더 극성스러워졌으리라.

다행히도 석호의 부모는 그 사실을 깨끗이 숨겼다. 석호는 유리창을 닦다 잘못해서 떨어진 사고 환자로 처리되었다. 학교도 아니고, 집에서 유리창을 닦다니, 공부한다는 이유로 손수건 한 장 직접 못 빨게 하는 어머니가 만들어낸 이유치고는 어설프기 짝이 없다고 석호는 생각한다. 그러나 그런 게 통하는 게 세상인 모양이다. 알고도 다 넘어가 주던가.

"형, 형은 무슨 대학 가고 싶어요?"

"몰라."

"난 서울에 있는 대학 말고 지방 대학에 가고 싶어요. 기숙사가 있는 곳이요. 이왕이면 명문대학의 분교면 더 좋고요. 기숙사 생활을 꼭 하고 싶거든요."

"누가 물어봤냐고?"

딱 자르는 석호의 말에 용진도 민망한지 혼자 쿡쿡 웃는다. 속 없는 자식, 석호의 입에서 절로 그런 말이 뱉어지지만 용진의 신경줄 하나 건드리지 못한다.

"근데 형 친구들은 왜 안 찾아와요?"

"……"

"난 처음 입원했을 땐 친구들이 다 찾아왔어요. 인기 짱이었어요. 여자애들까지 왕창 왔거든요. 무슨 연예인 같았어요. 이거 다 그때 친구들이 써 준 거예요!"

그러면서 용진은 얼른 배 위에 놓여있던 노트북을 옆으로 밀친다. 깁스 위에는 검고, 붉은 글씨들로 빨리 나아 돌아오라는 말들이 잔뜩 적혀있다.

"근데 하도 오래 입원해 있으니까 이젠 잘 안 와요. 규식이는 자주 오는데 지금은 시험 때라 못 오는 거예요. 내일부터 중간고사거든요. 그래도 문자는 많이 해서 난 애들 일을 다 알아요. 누가 누구랑 사귀는지도 빠삭해요."

석호는 귀를 막고 싶다. 용진이 라디오에 빠져 있을 때만 간신히 자신의 생각에 오롯이 잠길 수 있다. 하지만 석호는, 용진이 그동안 말벗도 없이 지내서 저러려니 싶어 꾹 참는다. 그가 들어오기 전에 그 자리에는 여든이 다 된 노인이 허리 골절로 들어와 있었는데 쉬지 않고 잔소리만 했다고 했다.

K, 갑자기 비가 내리는구나. 이 비에 활짝 피었던 꽃들도 하르르 다 지겠다.

오늘이 4월 마지막 날, 우리 학교도 내일부터 중간고사다. 아까 용진이 왜 친구들이 안 오냐고 물었지만 시험을 앞두고 나를 찾아 올 만큼 친한 친구는 내게 없다. K, 네가 있었다면 물론 와 줬겠지, 네가 미국으로 떠난 후 나는 더 이상 속을 터놓고 지내는 친구를 만들지 못했다.

내일 시험은 고3 올라와 처음 치르는 시험이다. 내신 상으로도 대학입시와 직결되는 중요한 시험. 그런데 나는 이렇게 죽음 앞에서 돌아와 부러진 다리를 쳐든 채 병상에 누워있다. 이런 일이 없었다면 나는 지금 극도의 스트레스를 받으며 시험공부를 하고 있을 텐데. 식구들은 이 엄청나게 중요한 시험 앞에 내 눈치를 보느라 숨도 제대로 쉬지 못했을 거고. 후후, K, 우습지 않냐? 산다는 게 도대체 뭘까? 그렇게 엄청나게 여겨졌던 시험이 죽음 앞에서는 이토록 사소하고 하찮다는 게 우습기도 하고 실감이 안 나기도 한다. 그토록 눈부셨던 나, 전설적인 수재였던 윤석호가 이 시험을 통해 되살아나기를 식구들은 모두 숨죽인 채 빌고 있었다. 그 것은 영광의 챔피언이 한때 방황에 빠졌다 혹독한 훈련을 치른 뒤 재기전을 앞두고 있는 것과 다를 바 없었다.

K, 감은 눈꺼풀 아래로 일주일 전의 그날이 되감기한 필름처럼 차르르 돌아간다. 나는 그 필름을 하루에도 몇 번씩, 아니, 몇 십 번씩 되돌려 본다. 그날 허공을 향해 몸을 던진 게 과연 나였

던가. 다른 누구도 아닌 나, 윤석호가 그런 짓을 했다니. K, 믿어
지냐, 너는?

어쩔 수 없이 미현이의 일이 떠오르리라 생각한다. 컨닝을 했다
는 의심을 받고 선생님한테 야단을 맞다가 화장실에 다녀온다고
말하고는 그대로 뛰어내렸던 미현이. 미현이와 막 마음을 주고받
기 시작했던 넌 충격을 견디지 못했지. 결국은 이 나라를 떠나 버
릴 만큼.

미안하구나, K, 너에게 다시 이런 이야기를 하게 된 게. 그러나
너를 향한 이 중얼거림을 내가 글자나 목소리로 너에게 전할 일은
없을 것이다.

미현이를 떠올리니 다시 몸이 떨린다. 허공으로 발을 뻗던 순간
의 기억을 몸은 잊지 않고 있나 보다. 내가 머리로 기억하는 것은
절망적인 후회 밖에 없는데, 몸은 그때의 공포까지도 기억하고 있
구나. K, 혹시 미현이도 나처럼 허공에 몸을 날린 순간 후회에 빠
지진 않았을까? 자기도 모르게 내뻗었던 그 발을 잘라 버리고 싶
을 만큼?

제발, 그러지 않았기를 나는 간절히 빈다. 그 애가 진정으로 죽
고 싶어 했기를, 그래서 그 죽음이 그 애가 진심으로 원하는 것이
었기를. 나처럼 살아났다면 몰라도 그 애는 죽었으니까. 그렇다면
그 일이 그 애가 진실로 원한 것이어야만 한다. 그렇지 않다면 나

110

는 견딜 수가 없다. 예전에야 그 애의 죽음만이 가슴 아팠을 뿐 그런 생각은 해 보지도 않았는데.

K, 나는 거짓말처럼 이렇게 돌이켜져 병실에 누워 있다. 5층에서 뛰어내렸는데 다리만 부러지고 살아난 걸 모두들 기적이라고 말한다. 그런데도 나는 그저 남의 일처럼 멍할 뿐이다. 그렇게 후회하다 살아났는데도 이토록 멍한 기분만 드는 까닭은 무엇일까? 식구들은 내가 다시 그런 짓을 저지를까봐 초조해하지만 다시 그럴 생각은 추호도 없다.

하긴 그날의 일도 따지고 보면 미리 계획된 일은 아니었다. 그때까지 나는 단 한 번도 자살에 대해 진지하게 생각해 본 적이 없었다. 자살하는 학생들을 충동적이고, 무책임한 아이들이라고만 생각했다. 그랬던 내가 그런 엄청난 짓을 저질렀다. 도대체 나는 왜 그랬을까?

K, 살아야 할 이유를 몰랐다고 한다면 너무 거창할까? 적어도 그렇게 말한다면 조금 멋있게는 보이겠지? 실연의 상처라도 핑계로 댄다면 그건 더 설득력 있을 테고. 나는 진심으로 그런 이유를 대고 싶다. 적어도 그렇게 말한다면 쪽팔리지는 않을 테니까.

그렇지만 내 속을 아무리 뒤집어 탁탁 털어 봐도 난 그런 근사하고, 그럴듯한 이유 때문에 몸을 던진 건 아닌 것 같다. 그보다는 오히려 눈앞에 다가온 고3의 첫 시험에서 달아나고 싶었던 것인지도 모른다. 지난 일주일간 이 병실에 누워 내가 곰곰이 생각해 찾아낸 이유란 솔직히 그것뿐이다. 우울하다. 하지만 어쩔 수 없지. 그게 진실이라면.

K, 나는 몰릴 대로 몰려 있었다. 그동안은 내가 공부를 하지 않았다는 핑계라도 있었다. 그러나 겨울방학 동안 나는 어쨌든 겉으로는 공부를 했기에 그 노력의 대가가 어떻게 나올지 두려움에 떨고 있었다. 그래, K, 부끄럽고 한심한 내 모습을 너한테라도 말하고 싶다. 나는 그게 겁났다. 그렇게 공부하고도 예전의 영광을 되찾지 못한다면? 그깟 성적에 대한 두려움 앞에서 목숨을 내던질 만큼 너는 한심한 인생을 보내고 있었냐고 물어도 할 말이 없다. 그걸 달성해내지 못한다면 나는 아무것도 아닌 인간으로 살 수밖에 없었으니까. 그건 사람들의 차가운 멸시의 눈길을 견디는 일이고, 기대가 무너져 절망의 바닥으로 떨어질 부모님의 얼굴을 보는 일이었으니까.

그런 부담 속에 시험공부를 하다 베란다에 나가 섰을 때, 문득 방충망을 열어젖힌 채 아래를 내려다보았고, 그러자 환영처럼 바닥에 떨어져 있는 내 모습이 보였다. 미현이도 잠시 떠올랐던 것 같다. 그때 나는 내가 싫었다. 내 자신이 하찮게만 여겨졌고, 혐오스러웠다. 하찮고 혐오스런 내 자신이란 존재의 목숨을 그만 끊어버리고 싶었다. 죽으면 모든 게 끝이라는 생각이 강렬한 충동으로 솟아났고, 죽고 싶다고 생각했고, 어느새 내 몸은 허공으로 날아 올랐다. 그때의 나는 과연 누구였을까? 무엇에 씌웠던 것일까? 나 는 도무지 내 자신을 모르겠다.

석호의 아버지가 들어오자 용진은 얼른 빼 두었던 이어폰을 귀 에 꽂는다. 라디오 프로를 들으면서 문자를 보내거나 인터넷 게시 판에 글을 올리는 것이 용진이 종일 몰두하는 일이었다. 석호는 얼른 눈을 감고 자는 척한다. 언제부턴가 아버지와 둘이 얘기를 한다는 건 거북하기 짝이 없는 일이 되었다. 아버지가 TV를 켜는 소리가 들린다.

"당신이 어떻게 나한테 그럴 수 있어? 당신이 어떻게?"

텔레비전에서 쥐어짜는 여자의 목소리가 터져 나온다. 남편이 나 애인이 배신이라도 한 모양이다.

"네가 나한테 이럴 줄은 정말 몰랐다."

다리에 철심을 박는 수술을 마친 뒤에야 석호의 어머니는 참 았던 한숨을 토하듯 그런 말을 뱉었다. 나한테? 석호는 그 말이 이 상했다. 자신의 행동은 자신에게 한 짓이었다. 어머니한테 한 행 동이 아니었다.

TV가 켜져 있긴 하지만 아버지는 다른 생각에 잠겨 있을 것이 다. 아버지가 드라마를 보는 법이란 결코 없으니까. 아버지는 무슨 생각을 하고 있을까? 철들고선 처음으로 석호는 아버지의 생각이 궁금해진다.

사람들은 석호더러 아버지를 빼다 박았다고 말했다. 얼굴도, 목소리도, 체격도 석호는 아버지를 많이 닮았다. 공부도 아버지를 닮아 잘 했다. 한때 교사였던 어머니 역시 공부를 잘 한 사람이지만 석호는 전형적인 수재였던 아버지와 묶어서 얘기되곤 했다. 아버지를 닮아 공부를 잘 하는구나, 모두들 부러운 눈길로 그를 보며 칭찬했고, 그럴 때면 아버지는 실눈을 뜨고 허허, 웃었다. 모든 면에서 석호는 그의 부모의 자랑거리였다. 행실도 바른 모범생이었고, 성적은 단 한 번의 예외도 없이 늘 전교 1등을 유지했다. 요즘 아이답지 않게 부모에게 반항 한번 하지 않았다. 반항할 게 없기도 했다. 공부를 잘하면 부모나 선생님은 모든 것을 충족 시켜주었다. 석호 또한 부모의 기대를 충족시키는 게 기쁨이었다. 그의 부모 친구들은 하나같이 자기 자식들에게 석호의 얘기를 하며 분발할 것을 요구했다. 석호는 이를테면 엄마 친구의 아들, '엄친아'의 전형이었다. 아이들이 가장 싫어하는. 적어도 중학교 때까지는.

K, 언제부터 내 삶이 전락한 것일까? 과학고 시험에서 떨어진 것이 시작이겠지? 나는 그때까지 시험에서 떨어진다는 생각은 꿈

에도 해본 적이 없는 아이였다.

"석호야, 너라면 시시하게 합격 따위가 목표여선 안 되지. 수석을 해서 학교의 명예를 빛내도록 해라."

원서를 써 주며 담임도 말했다. 그런데 수석이 목표였던 그 입학시험에서 나는 보기 좋게 떨어졌다. 학교가 발칵 뒤집혔고, 어머니는 자리보전하고 드러누웠고, 아버지는 집에 들어설 때마다 시체 안치소에라도 들어서는 듯 얼굴을 찌푸렸다. 집이 늪 같았다.

그러나 무어라 해도 그 일은 내 자신에게 가장 엄청난 충격이었다. 적어도 공부와 관련된 일에서는 어떠한 집단에 끼든 난 단한 번도 1등을 빼앗겨 본 적이 없었다. 그런데 1등은커녕 수백 명을 뽑는 시험에서 떨어졌고, 더군다나 함께 시험을 쳤던 같은 학교의 친구는 당당히 합격을 한 것이다. 동수란 애였다. 동수는 나때문에 중학교 3년 내내 단 한 번도 전교 1등을 못하고 늘 2등만 차지했던 친구였다. 태어나 처음 겪은 그 좌절은 나를 구렁텅이로 빠뜨렸다. 진심으로 죽고 싶었던 때는 차라리 그때였다.

K, 너한테만 고백하자면 그 불합격의 가장 큰 원인은 나의 편집증이었다. 나는 집중력이 높은 대신 무엇엔가 마음이 걸리면 전혀 집중을 못하는 편집증 같은 걸 갖고 있었다. 시험 전 날이라도 좋아하던 볼펜이 눈에 안 보이면 그걸 찾느라고 날밤을 꼬박 새우

던 나를 보고 혀를 차던 네가 기억난다.

열 문항의 시험 문제를 받아 들었을 때 나는 쾌재를 불렀다. 그것들은 난이도가 아주 높은 문제들이었지만 내가 익히 풀어본 문제들이었으니까. 그런데 말이다. 시계를 풀어 옆에 놓고 막 문제를 풀려고 하는데, 시계가 딱 멈추었다.

어떻게 그 순간 배터리가 다 될 수가 있지? 나는 온몸이 오싹했다. 내 머리 위로 불길한 검은 그물이 내려뜨려졌다. 따지고 보면 그건 지극히 사소한 우연일 뿐이었는데, 그런데 나는 꼭지가 돌았다. 그 시계를 다시 가게 하지 않으면 시험에서 떨어질 거라는 불안감에 입술이 바작바작 타들어 갔다. 나는 시계를 흔들어 보고, 태엽을 돌려보고 별 짓을 다했다. 그러다 안 되겠다 싶어 그냥 문제를 풀기 시작했는데, 첫 문제부터 갑자기 콱 막히고 말았다.

그래, 그랬다. 그동안 나는 아무한테도 이 얘기를 하지 못했다. 고작 손목시계가 멈춘 것 때문에 한 문제도 풀지 못한 백지를 냈고, 그랬으니 문제 풀이를 말로 설명해야 하는 구술 면접은 당연히 할 필요도 없어서 그냥 돌아 나와 버렸다는 얘기를 누구한테 하겠는가? 그런 얘기는 꾸며낸 변명처럼 들릴 것이다. 그렇지 않으면 고작 사이코 취급이나 당했겠지.

학교도 가기 싫었다. 선생님이나 친구들은 나를 싹 무시한 채 동수만을 떠받들었다. 그때까지 동수가 늘 전교 1등을 해 오기라

116

도 한 것처럼. 아무리 공부를 잘 했어도 입학시험에 떨어지면 그동안 잘 한 것은 아무 소용이 없어졌다. 결과만이 중요했다. 과정은 결과 앞에 한낱 먼지에 지나지 않았다.

"형, 형은 공부 잘 해요?"

용진이 뜬금없이 묻는다.

"못해."

석호는 간단히 대꾸한다.

"헤헤, 나도 못하는데. 근데 형은 공부 디게 잘 하게 생겼걸랑. 근데 못 한다니까 좋다. 형은 그럼 뭘 잘 해요?"

"잘 하는 거 없어."

"하하, 형도 참. 설마 한 가진 잘 하는 게 있겠지. 나도 한 가진 잘하걸랑요. 뭘 잘 하냐면 난 방귀를 잘 뀌어요, 뿅!"

"내 참, 어이가 없네."

"아니에요. 그거 굉장히 좋은 거라고 의사 선생님이 그랬어요. 난 이렇게 누워 있기만 하는데도 똥을 아주 잘 누거든요. 그게 다 방귀랑 관련이 있다구요. 헤헤."

살아오는 동안 단 한 번도 일등을 빼앗겨 본 적이 없다는 사실은 석호의 존재를 떠받치는 장엄한 기둥이었다. 그 기둥이 있었기에 그는 다른 어떤 것에도 신경 쓰지 않고 살 수 있었다. 그 기둥 하나면 다른 것은 다 용서되었다.

　그러나 그렇게 그 기둥에 한번 금이 가기 시작하자 그것은 급속도로 무너지기 시작했다. 그의 성적은 급속도로 떨어졌다. 1학년 말의 성적은 전교 32등, 반에서도 3등, 태어나서 처음 받아본 성적이었다. 다른 친구들이라면 그 정도만 해도 자랑스러운 성적이었을 텐데 그 성적표를 내밀었을 때 그의 부모의 얼굴은 아들의 전사 통지서라도 받은 것처럼 딱딱하게 굳어졌다. 어머니는 그에게 고액 과외를 받게 했다. 그때까지 그는 과외 한번 받지 않았고, 학원 한번 다니지 않았다. 그런 건 머리가 떨어지는 아이들이나 하는 짓으로 여겼다. 그 모든 것이 그의 긍지였는데 그는 잔액이라곤 한 푼도 없는 통장을 받아든 심정이었다. 고2가 되자 성적의 하강곡선은 더욱 가팔라져서 2학년 말의 성적은 전교 127등을 기록했다.

　K, 그 성적표를 받자 나도 번쩍 정신이 들었다. 127등이라……. 그동안 체념처럼 팽개치고 있던 성적, 하지만 이것은 너무 심하다는 자각이 들었다. 그래도 마음 한구석에는 자신에 대한 믿음이 있었나 보다. 내가 지금 손을 놓아서 그렇지, 다시 맘 잡고 덤비기만 하면 성적 올리기는 일도 아니라는 믿음. 나는 비로소 다시 한 번 해보자고 이를 악물었다. 2학년 겨울방학이 마지막 기회라고

생각했기에 과외 외에도 학원을 다니며 독서실에서 살다시피 했다.

성적이 떨어진 뒤 얻은 게 있다면 음악이었다. 그전에 나는 공부에 방해가 된다고 음악조차 잘 듣지 않던 학생이었다. 뜻밖에도 음악은 공부에 대한 집중력을 높여 주었다. 예전에 나는 마치 어른들처럼 음악을 들으면서 공부하는 친구들을 이해하지 못했다. 그런데 음악은 벽처럼 나를 공부라는 세계에 가둬 주었다. 내 귀로 파고드는 음악은 내 온몸의 핏줄을 타고 흐르면서 바깥세상을 차단해 주었다. 하지만 공부 자체에 대해서는 아무런 의미도 찾을 수 없었다. 예전의 내게 공부란 내 삶을 이 세상에 단단히 박아주는 닻이었지만 이제 나는 그것에서 너무나 멀리 떠밀려온 것이었다. 박힌 닻은 어느새 빠져서 나와 함께 흘러가고 있었다. 그런 내게 공부를 죽을 듯이 해야 하는 이유는 의심스러울 뿐이었다. 그때까지 칭찬받고 잘 하는 맛에 의심 없이 해온 공부가 한번 곤두박질을 치고 나자 뿌리부터 회의에 시달렸다. 그래도 해야만 했다. 그럴 때마다 나는 mp3를 닻처럼 귀에 깊이 박았다. 종교의 광신도들처럼 이 라인 위에 올라서기로 한 이상 의심해선 안 되었다.

K, 그러나 어느 공부 하나 무의미하지 않은 것이 없었다. 무엇보다 그렇게 공부를 잘해 성공했다는 아버지나 어머니의 삶이 조

금도 행복해 보이지 않았다. 그 분들은 하나밖에 없는 아들이 공부를 잘 할 때는 대단히 행복해 보였지만 바로 그 아들이 성적이 떨어지자 단박에 불행해졌다. 아버지나 어머니나 나더러 공부하라고 야단치는 법은 없었다. 입시 실패의 후유증에서 벗어나지 못하고 있다고만 생각해서 노이로제 환자를 다루듯 공부나 입시에 대해서는 거의 화제를 피했다. 그러나 그들의 마음에 그것이 얼마나 큰 납덩어리로 가라앉아 있는지를 아는 나에게 그런 태도는 오히려 숨통을 막히게 할 뿐이었다. 차라리 공부하라고 두들겨 패면 반항이나 할 수 있지. 나는 그러는 부모에게 실망했다. 아버지나 어머니는 세상이란 학교의 최우등생들이었다. 예전에는 내게도 그런 삶이 자랑스럽고 멋지게 보였다. 그런데 갑자기 그들의 삶이 시시하게 보이기 시작했다. 죽을 듯 공부해서 얻는 대가가 고작 아들이 다시 공부 잘 하는 것으로 대리만족을 하는 것, 그 아들이 공부를 못 하자 당장 불행해지는 것이란 말인가? 나도 기껏 출세하고, 성공해 봤자 고작 자식이 다시 출세하고 성공하는 데 연연하며 살아야 한단 말인가?

석호는 아버지가 자기를 잡은 손에 힘을 주는 것을 느끼지만 여전히 자는 척하고 있다. 아버지와 둘만 있는 것도 그 날 이후 처음이다. 내일이 노동절 휴일이라고 아버지가 어머니 대신 병원 잠을 자기로 한 것이다. 아버지와 둘이 있는 상황은 너무나 어색하다. 아버지가 꼭 잡고 있는 손도 몹시 거북해서 그 손에만 쥐가 난다.

석호는 아까부터 소변을 보고 싶은 것도 꾹 참고 있다. 깨어있다는 걸 알리면 아버지와 무슨 이야기라도 해야 할 테니까. 하지만 이젠 오줌보가 터질 것만 같다. 그는 어쩔 수 없이 잠이 깬 척 기척을 한다.

"왜? 소변 보고 싶니?"

아버지가 묻는다.

"네."

아버지는 침대 밑에서 소변 통을 꺼내 석호의 소변을 받아 준다. 아무리 부모라도 부끄럽고 창피한 순간이다. 깁스를 한 건 두 발뿐이지만 아직 절대 안정을 요하는 환자라 석호는 꼼짝없이 침상에 누워 있어야만 한다. 아버지는 화장실로 가서 소변 통을 비우고 온다. 그러더니 그때까지 혼자 왕왕대고 있던 텔레비전을 꺼 버린다.

"왜요? 그냥 보시지……."

석호의 말에 아버지는 고개를 젓는다.

"볼 것도 없어."

이제는 잠든 척도 할 수 없다. 무언가 말을 해야 할 텐데 아버지도 그도 말을 찾을 수가 없다. 아버지도 어색한지, 으흠, 헛기침을 하더니 용진 쪽을 힐끗 돌아본다. 용진은 이어폰을 꽂고 눈을 감은 채 라디오를 듣고 있다.

무언가 예감이 이상했다. 아니나 다를까, 아버지가 갑자기 그를 부른다.

"석호야!"

아버지답지 않게 지나치게 다정한 목소리다. 아버지는 다시 헛기침을 으흠, 하더니 석호의 손을 또 붙잡는다. 어색했다. 아버지는 가만히 석호를 보더니 미소를 짓는다. '그 일' 이후 처음 보는 아버지의 미소다. 아버지는 어렵게 입을 뗀다.

"저기…… 석호야…… 저기…… 고맙다."

"뭐가요?"

뜬금없는 아버지의 말에 그는 뚝뚝하게 대꾸한다.

"그, 그냥…… 네가 살아나 준 게."

아버지는 몹시 당황한 사람처럼 어쩔 줄을 몰라 한다. 석호는 슬며시 눈을 돌리며 아버지에게 붙잡힌 손을 빼낸다. 저런 말은 대체 왜 하는 걸까. 안 그래도 어색하던 병실 공기가 이제는 질식할 것만 같다. 아버지도 견디기가 힘들었는지 황급히 말한다.

"저기…… 나가서 담배 한 대 피고 오마."

그러면서 아버지는 허둥지둥 문을 열고 나간다. 그 소리에 용진이 눈을 반짝 뜨더니 기다렸다는 듯 이어폰을 잡아 빼며 석호를 찾는다.

"형, 형, 라디오 들을래요? 지금 은파랑 나오는 거 하는데……〈라디오 키드〉라고……."

"라디오 키드? 그래, 듣자."

안 그래도 TV를 끈 고요가 적막처럼 느껴졌다. 아버지가 들어오면 라디오라도 틀어져 있는 쪽이 나을 것 같았다. 용진은 얼른 라디오에서 이어폰을 뺐다. 그러자 라디오 소리가 병실 가득 쏟아져 흘렀다.

편의점에서 삼각 김밥 먹는 중. 야자 시간, 문제집 풀고 있어요. 엄마랑 드라마 보고 있어요. 주유소에서 알바하고 있어요. 아, 이 분만 일하고 계시네요. 수고 많으세요.

"지금 뭐하고 있는지 문자로 보내달라고 했거든요."

용진이 친절하게 설명을 해 준다. 그 말을 듣자 석호는 '죽으려고 뛰어내렸다 살아서 병실에 있다'고 문자를 보내볼까, 하고 장난스레 생각해 본다. 물론 생각뿐이다. 석호는 라디오에 문자나 메일을 보내는 일 따위는 단 한 번도 해 본 적이 없다.

독서실에서 시험공부하고 있어요. 샤워하고 있어요. 아니, 샤워하면서 어떻게 문자를 보내셨죠? 지금 여친이랑 세 시간째 싸우는 중입니다. 싸우는 중에 문자를? 큭큭, 대단하신 분들입니다.

그런데 사람들이 보낸 문자 내용을 듣고 있다 보니 석호는 문득 뱃이 꼴리기 시작한다. 편의점, 독서실, 여친, 그런 고요하고 평안한 것들에 반발이 인다. 충동적으로 석호는 핸드폰을 집어 들었다. 그리고는 용진이 눈치 채지 않게 몰래 문자를 보낸다. 용진의 호기심을 자극하고 싶지 않다. 이런 걸 과연 읽어 줄까? 분명 장난 문자로 취급할 것이다. 하지만 그런들 어떠랴? 사실 장난인 걸. 석호는 그런 생각을 하면서 '전송'을 누른다.

그런데 어느새 라디오에선 그가 보낸 문자가 흘러나온다. 자신이 허공에서 떨어지던 속도에 맞먹는 속도다.

'지금 옥상에서 한 발을 내딛고 있어요. 어떻게 할까 고민 중입니다. 죽느냐 사느냐?' 동대문의 진호씨란 분, 이거 장난이시죠? 이런 장난 하시면 안 돼요.

은파랑이 딱 잘라 말하는데 갑자기 함께 진행하는 지민의 목소리가 끼어든다.

가만, 장난이 아닐 수도 있지 않아요? 만에 하나 장난이 아니라면 정말 우리에게 구조 신호를 보내는 건지도 모른다고요.

에이, 말투만 보면 선수들은 척 알아요. 지민씨는 순진해서 그렇지…… 이건 백 프로 장난 문자예요. 데끼! 진호 씨, 이 은파랑을 뭘로 보고!

그러자 용진이 갑자기 흥분된 목소리로 말한다.

"형, 형, 들었어요? 형은 어때요? 저거 장난 같아요?"

가슴이 쿵덕쿵덕 뛰었지만 석호는 태연히 대답한다.

"당근 장난이지. 진짜 죽는 사람이 저런 짓 하냐? 나쁜 새끼. 장난칠 게 없어서 죽는 얘기로 장난을 쳐?"

그러나 용진은 진지하게 말한다.

"아뇨. 내 생각엔 진짜 같아요. 아니, 백만분의 일로 진짜일 수도 있다고 생각해요. 으음……."

그러더니 용진은 문자를 타닥타닥 쳐 보낸다. 손가락이 보이지 않게 빨리도 친다.

"뭐라고 보냈냐?"

석호가 물었지만 용진은 입에 손가락을 대고 조용히 하라는 신호만 보낸다. 자기가 보낸 문자를 듣기 위해 신경을 곤두세우고 있다. 하지만 라디오에서는 용진이 보낸 문자가 아니라 석호가 보낸 문자에 대한 반응들이 마구 쏟아지고 있다.

예, 예, 진호군의 상황에 대해 갑자기 여러분들이 문자를 막 보내시네요. 진호군, 장난 문자 같긴 하지만 혹시 모르는 일이라……

그런 일로 장난을 치다니 참 나쁜 학생 같아요.

갈 테면 조용히 가라. 그게 중계방송 할 일이냐?

얼른 발을 거두세요. 남은 부모님을 생각하세요.

추락하는 것은 날개가 있다!

목숨은 없어지면 다시는 살 수 없어요.

너 하나 없어져도 세상은 끄떡없다. 아, 이건 좀 심하군요.

자, 그만 읽겠습니다. 진호군, 만에 하나 사실이라면 얼른 옥상에서 내려가세요.

은파랑이 적당한 선에서 마무리 지으려고 하는데, 또 지민이 끼어든다.

아니, 여기 하나만 더 읽을게요.

진호군, 죽으려고 했던 마음만 떨어뜨리고, 내밀었던 발은 거두세요. 저는 교통사고로 하반신 불수가 되어 누워 있는 학생이거든요. 저

126

를 위해서라도 그래 주세요. 부탁입니다.

와, 이 말 멋있네요. 죽으려고 했던 마음만 떨어뜨리라니! 그래요, 진호씨, 이 문자가 장난이 아니라면, 아니, 혹시라도 이 순간 이런 갈등에 시달리는 분이 한 분이라도 계시다면 그분들에게 이 말을 전하고 싶네요. 죽으려고 했던 마음만 떨어뜨리고, 내밀었던 발은 거두시라고요. 그리고 이 문자를 보내신 분은 꼭 기적처럼 회복되시길 빌겠습니다! 건강을 회복하시면 저희 '라디오 키드'에 꼭 알려 주세요!

K, 나는 그 순간, 용진을 돌아보았다. 용진은 벌써 내 쪽으로 고개를 돌린 채 엄지손가락을 들어 올리며 환하게 웃고 있었다. 그 순간 그 애는 자신이 하반신 불수라는 사실에 대한 자부심으로 빛나고 있었다. 그 덕분에 라디오 전파를 탔으니까. 그 얼굴은 복권에 당첨된 사람이나 원하던 대학에 운 좋게 합격한 사람처럼 믿어지지 않는 행운 앞에 행복해 하는 얼굴이었다.

내가 자기만큼 기뻐 보이지 않은 탓이었을까? 용진은 나를 보며 안타까운 듯 말했다.

"문자가 방송에 나오는 게 얼마나 힘들다고요! 내가 맨날 맨날 보내도 한 번도 안 나왔어요. 와, 기분 짱이다! 이따 엄마 오면 피자 사달라고 해야지. 형, 내가 한 턱 쏠게요!"

K, 그래, 용진은 그저 방송에 나온 것만 좋아서 어쩔 줄 모르겠다는 표정이었다. 자신이 그렇게 간절한 메시지를 전했다는 자각은 그에게 조금도 없어 보였다. 자기가 말한 메시지의 무게나 선의에 대한 자각이 전혀 없는 것이다. 자기를 생각해서라도 그래달라고 말한 그 용진은 어디로 갔을까.

그런데 이상했다. 나는 바로 그 점 때문에, 제가 한 말의 무게도 모르는 용진의 속없는 모습 앞에 무언가가 울컥하고 치미는 걸 느꼈다. 갑자기 내 눈에서 뜨거운 눈물이 흘렀다. 부끄럽지만 멈춰지질 않았다. '저를 위해서라도 그래 주세요. 부탁입니다.'란 그 애의 말에 왜 내 죽음의 실감이 난 건지는 모르겠다. 감전이라도 된 것처럼 온몸에 소름이 돋았다. 내가 이미 죽은 몸이 되어 영안실에 차가운 몸으로 누워 있을 수도 있다는 실감이 나를 덮쳤다. 아니, 일주일이나 지났으니 나는 지금쯤 땅에 파묻히거나 불에 타 재가 되었겠지.

K, 그날 허공으로 날아오르며 나는 이미 내민 발을 후회했다. 그랬으니 죽으려던 마음은 확실히 떨어뜨린 거였다. 그리고 운 좋게 이렇게 살아났다. 그런데 그게 다가 아니었나 보다. 떨어뜨려야 할 게 더 있었던 것이다. 지금 이 순간 나는 그날 허공에서도 미처 떨어뜨리지 못한 무언가를 조용히 떨어뜨리는 내 모습을 본다. 그게 무엇인지는 나도 잘 모르겠다. 그냥 그것을 떨어뜨리

는데 자꾸만 눈물이 흘러나올 뿐이다.

용진이 볼까봐 나는 옆으로 돌아누웠다. 그래도 눈물은 좀처럼 그치지 않는다. 어쩌면 그건 그날 과학고 시험 치던 날 멈추었던 시계였을까? 사소하고 하찮은 것, 나는 내 삶의 사소하고 하찮은 것들을 이제야 떨어뜨리는 것일까? 아니, 바로 내 자신을 하찮고 혐오스럽게 여겼던 그 마음을 떨어뜨리는 것일까?

소중한 용진을 위해서, 소중한 내 자신을 위해서.

문소리가 난다. 용진의 어머니가 들어온 모양이다. 용진이 크게 외치는 소리가 들려온다.

"엄마, 나, 라디오에 나왔어. 피자 사 줘!"

<작가의 말>

열일곱 살 무렵, 나 역시 진지하게 죽음을 시도한 적이 있었습니다. 진통제를 수면제로 착각한 어이없는 실수로, 응급실에 실려 가긴 했지만 '잠도 들지 않고' 살아났지요. 그 뒤로 평생 진통제를 못 먹는 후유증에 온갖 통증을 날것으로 참아내야 하긴 했습니다만.

이 글의 윤석호도 나처럼 다행인지 불행인지 죽지 못하고 살아났습니다. 그러나 대부분의 경우 죽음은 연습이 아닙니다. 미현이의 경우처럼 돌이킬 수 없는 것이 되고 말지요. 물론 돌이키고 싶지 않아서, 삶을 끝내고 싶어서 그것을 택한 사람들에게 '그래도 살아야 했다'고 손가락질 할 생각은 전혀 없습니다.

그러나 아직 인생을 조금밖에 살지 않은 어린 여러분들의 그러한 선택에는 어쩔 수 없이 가슴이 찢어집니다. 아무리 혹독하고, 끔찍한 인생이 기다리고 있을지라도 무조건 더 살아 보라고, 발목에 매달려 빌고 싶어집니다. 누구를 위해서, 무엇 때문에 더 살아야 되냐고 여러분이 묻는다면 나는 할 말이 없습니다. 용진은 자기를 위해서 살아 달라고 했지만 나는 그런 말을 할 자격도 없으니까요.

그러나 열일곱 살의 그날, 나는 죽음의 시도에서 실패해 돌아온 뒤, 확연히 깨달았습니다. 나는 진정으로 죽고 싶었던 게 아니란 것을. 그건 참 무서운 깨달음이었습니다. 내가 나를 속일 수도 있고, 내가 나한테 속을 수도 있다는 사실.

그러고 나자 불쑥 어른이 된 것 같았습니다. 나이가 어리다고 자신의 욕망을 모르지는 않습니다. 그러나 충동성이 강한 그때의 욕망은 진정한 자기 자신의 욕망이 아닐 수도 있습니다.

그러니 말입니다. 지금은 혹 그런 생각이 들지라도, 일단은 그 결심을 미루어 주기를 부탁드립니다. 하지 말란 게 아닙니다. 그 일은 10년 뒤, 20년 뒤, 언제라도 '조금 더 차분해진 심장으로' 할 수 있는 일입니다. 그러니 지금은, 에잇, 더러운 세상, 침이라도 퉤, 뱉고, 씩씩하게 살아 있어 주십시오. 오기로라도 말입니다.

책을 마무리하며

『그 녀석 덕분에』를 펴낸 뒤 6년 만에 그간 발표한 소설을 찾아
보니 겨우 다섯 편이었다. 한 해에 단편 하나도 못 쓸 만큼 청소년 소
설은 내게 늘 어렵기만 하다. 그런데 아무 작정 없이 쓰고 발표했던
글들을 한 자리에 모아 보니, 마치 작정하고 맞춰 쓴 것처럼 하나같
이 청소년들의 절망을 다루고 있어 조금 놀랐다. 『그 녀석 덕분에』
를 묶을 때는 또 약속하고 쓴 것처럼 그 시기의 열정들을 다루고 있
었는데.

생각해 보면 열정과 절망은 맞닿아 있다. 열정이 없다면 절망도 없
지 않겠는가. 결국 나는 비슷한 얘기를 계속 써온 것인지도 모른다.
이 책은 학살 당한 소년의 이야기에서 시작해 스스로 죽으려다 살아
난 소년의 이야기로 끝난다. 그 사이에, 행복한 척 하지만 사실은 외

로운 소녀, 자신의 욕망을 이해받지 못해 슬픈 소녀, 신체적 괴로움으로 절망에 빠진 소녀 들의 이야기가 담겼다. 어떻게 하다 보니 모두 학생들의 이야기가 되었다. 사실 청소년 중에서도 가장 힘들고, 절망적인 청소년들은 경제적이든 다른 이유이든 학교에서조차 소외된 십 대 들일 텐데 내 역량이 부족해 그들의 가혹한 절망을 다루지 못했다. 미안하고, 아쉽다.

「그가 떨어뜨린 것」의 석호는 죽으려던 마음을 떨어뜨려 살아났고, 「명령」의 기훈은 수학 문제집을 떨어뜨려 친구의 운명을 바꿔 놓았다. 「울고 있니, 너?」의 소미, 「그건 사랑이라고, 사랑」의 민하, 「저주의 책」의 규리도 무엇인가를 떨어뜨렸다. 그들 각자가 떨어뜨린 것이 무엇인지 생각해 주기를 바라는 마음에서 『그들이 떨어뜨린 것』을 제목으로 택했다.

그들이 떨어뜨린 것은 소중한 것도 있지만, 버려야만 할 것도 있었다. 부디 여러분들이, 떨어뜨려서는 안 될 소중한 것들은 고이 간직하고, 떨어뜨려야 할 것들만 떨어뜨리며, 이 어려운 시기를 잘 버텨 내 주기를 바란다. 어떻게든 버텨 내고, 견뎌 내어 모두들 멋진 어른이 되어 주기를 「명령」의 수학 선생님처럼 나도 간절히 바란다.

「명령」은 원주 토지문화관에서 썼고, 「그건 사랑이라고, 사랑」은 청송 객주문학관에서 썼음을 덧붙인다. 이 공간들을 제공해 주신 분들께 감사를 드린다. 이 책을 만드느라 수고해 주신 <바람의 아이들> 모든 직원 분들께도 고마운 마음을 전한다.

이곳에 실린 다섯 편의 작품은 이미 한 번씩 다른 책에 실렸던 글들이다. 그럼에도 작품을 싣게 허락해 주신 출판사 분들께 깊은 감사를 드린다. 이 책의 작품들이 먼저 실렸던 책들은 다음과 같다.

「명령」(『난 아프지 않아』 북멘토)
「울고 있니, 너?」(『울고 있니, 너?』 우리학교)
「그건 사랑이라고, 사랑」(『이상한 나라의 앨리스들』 서유재)
「저주의 책」(『콤플렉스의 밀도』 문학동네)
「그가 떨어뜨린 것」(『그 순간 너는』 바람의아이들)

2017. 10. 19
이경혜